Das Buch

»Unwillig warf sie sich in den Sessel zurück, hob ihre nackten Knie unters Kinn und beobachtete, während sie den Leser nun selbst mit einer neuen Geschichte ansprach, wie dessen Blick immer wieder abglitt, zwischen ihre angezogenen Beine...« Müde aller Reden und Diskurse fährt ein Mann zu einem Wissenschaftlerkongreß, um dort einen Vortrag zu halten, und findet sich alsbald in ein Abenteuer verstrickt, das zu einer einzigen Demütigung wird. Sexualität und Krankheit verschmelzen zu einer existentiellen Bedrohung, gegen die sich der Leser-Erzähler mit einer stark abstrahierenden Sprache (vergeblich) zu wehren versucht. »Als besonders delikat«, stellt Hellmuth Opitz in ›Tips‹ fest, »bleibt die sexuelle Begegnung der Protagonisten in einer Telefonzelle im Gedächtnis haften, Worte wie ›Einwurfschlitz‹, ›Hörmuschel‹ etc. bekom
da ganz neue Bedeutungen

Der Autor

Botho Strauß, am 2. Dezember 1944 in Naumburg/Saale geboren, war Redakteur, Theaterkritiker und später dramaturgischer Mitarbeiter an der Schaubühne am Halleschen Ufer. Lebt in Berlin. Weitere Werke: ›Marlenes Schwester‹ (1975), ›Trilogie des Wiedersehens‹ (1976), ›Die Widmung‹ (1977), ›Groß und klein‹ (1978), ›Rumor‹ (1980), ›Paare, Passanten‹, ›Kalldewey Farce‹ (1981), ›Der Park‹ (1983), ›Der junge Mann‹ (1984), ›Diese Erinnerung an einen, der nur einen Tag zu Gast war‹ (1985), ›Die Fremdenführerin‹ (1986), ›Niemand anderes‹ (1987), ›Besucher. Die Zeit und das Zimmer. Sieben Türen‹ (1988), ›Schlußchor‹ (1991).

Botho Strauß:
Kongreß
Die Kette der Demütigungen

Deutscher
Taschenbuch
Verlag

Von Botho Strauß
sind im Deutschen Taschenbuch Verlag erschienen:
Marlenes Schwester (6314)
Die Widmung (10248)
Paare, Passanten (10250)
Kalldewey Farce (10346)
Der Park (10396)
Trilogie des Wiedersehens/Groß und klein (10469)
Rumor (10488)
Der junge Mann (10774)
Die Fremdenführerin (10943)
Niemand anderes (11236)
Besucher (11307)
Diese Erinnerung an einen, der nur
einen Tag zu Gast war (19007)

Ungekürzte Ausgabe
Februar 1993
Deutscher Taschenbuch Verlag GmbH & Co. KG,
München

ISBN 3-88221-759-6
Umschlaggestaltung: Celestino Piatti
Satz: IBV Satz- und Datentechnik GmbH, Berlin
Druck und Bindung: C. H. Beck'sche Buchdruckerei,
Nördlingen
Printed in Germany · ISBN 3-423-11634-X

Kongreß
Die Kette der Demütigungen

I

»Was wollen Sie sagen? Sagen Sie es mir! Sie brauchen nicht laut zu sprechen. Ich sehe Sie unter Ihrer Schreibtischlampe sitzen, Sie beugen den Kopf über das Buch, doch Sie lesen nicht. Ihr Blick streift nur eben diesen Flitterkram der Schrift, man möchte meinen, er stöbere darin wie die Fußspitze des verkaterten Frühaufstehers, der am Morgen nach dem Fest im bunten Abfall von Luftschlangen, Seidenpapier, zerfetzten Knallbonbons raschelt, lustlos, ohne den geringsten Versuch, mit dem Aufräumen zu beginnen. Sie sehen hinein, als hätten Sie gestern eine Bekanntschaft gemacht, von der Ihnen heute nur noch ein rötlicher stechender Umriß geblieben ist. Von der Ihnen heute etwas ebenso Ungefähres wie Unliebsames schwant. Sie haben vielleicht irgend etwas getan, oder besser gesagt: Sie haben etwas in die Vergessenheit befördert, um die Art und Weise Ihres Vorgehens einmal höflich zu umschreiben. Sie können sich nicht von diesen Zeilen trennen, denn Sie spüren eine gewisse Geborgenheit in ihrem bequemen, geraden Verlauf, eine gewisse Leichtigkeit, auf ihrem Fluß dahingetragen zu werden. Sie können sich nicht von ihnen trennen, aber Sie hängen auch nicht an ihnen. Sie könnten genausogut das Buch schließen, Ihren Papierkorb ausleeren, die Servietten im Schrank umsortieren oder etwas beliebig anderes tun, um Ihre Gedankenverlorenheit zu genießen. Um sich schließlich doch dafür zu entscheiden, leise und vorsichtig mit dem Sprechen zu beginnen, es auszusagen, was nun einmal heraus muß, mir das Vertrauen zu schenken, das ich verdiene.«

Der Leser senkte den Kopf und blies in die feine, staubfeine Stimme hinab, die aus der Ritze zwischen den Seiten, aus der Vertiefung des Buchs geflüstert hatte. Er war tatsächlich sehr müde und kämpfte mit dichtem Auge gegen die Gewalt des Verlesens an. Die Zeilen wurden dunkler und vager, so daß er den deutenden Finger zur Stütze nahm. Doch die Sprünge, die Schründe des goldenen Mißverstehens taten sich unter ihm auf, und er sah die Irrlettern tanzen, die Grammaiaden glänzend fließen und hörte wieder die winzige Stimme, die ihm befahl: »Nun sprich! Buch zu!«

Aber das wollte er nicht, um keinen Preis, wenn es auch in seiner Kehle zuckte und seine Wangenmulden zu zittern begannen.

»Sie lesen, um von den Zeilen gefressen zu werden. Wie andere reisen, um vom Reisen gejagt zu werden. Wann endlich befällt Sie der Ekel vor dem Gewürm der Schrift und der Ekel vor der Last, mit Hilfe dieser kleinen Krüppel sich etwas Schönes in den Geist zu rufen? Wann endlich zermürbt Sie der kalte Fleiß, mit dem Ihre Vorstellungskraft das unermüdliche Symbolstechen betreibt? Nur um in irgendeinem ungestalten Buchstabeninsekt den Adler zu sehen? Wann endlich wird Sie das leise Fauchen der Schrift nicht mehr antreiben, es sich emsig auszumalen, Wort für Wort, was Sie da lesen? Ich warte nur, bis Ihr ganzer großer Vorstellungsraum feurig zusammenstürzt wie ein Riesenstern und seine Masse sich, endlos weiterstürzend, schließlich zum schwarzen Loch in Ihrer Kognition verdichtet, so daß Ihnen nichts, gar nichts mehr lesbar sein wird und Sie endlich wieder lernen, auf Stimmen zu hören und in Bildern zu leben, ohne Trennung von nah und fern, von außen und innen, alles glaubend und allem gehorsam. Dann werden Sie Ihre Hände auf die Druckseiten legen wie auf feinstes Sägemehl und sie nicht-lesen, denn Ihr Sinn wird durch diesen Streu hindurchgehen, verständnislos wie durch jede andere Materie...«

»Ich will nicht reden!« rief endlich der Leser kläglich aus, da ihm Hermetia, die Buchfee, so lästig zusetzte und stichelnd einflüsterte. »Ich erinnere mich an nichts und bestehe genau wie Sie selbst von innen nach außen nur aus Blättern und Geblättertwerden!«

»Aber ich! – Ich bin der Staubpuff des zugeschlagenen Buchs!« stöhnte sie den Bund entlang.

»Was sollte ich denn wohl mit einem zugeschlagenen Buch anfangen? Hinausgehen in die Welt und mich wieder unmöglich machen?

Vielleicht lebe ich hier wie ein Kranker und Süchtiger; vielleicht wie ein Greis oder wie ein reicher absonderlicher Erbe; jedenfalls als ein unbedingt lesendes Individuum. Blind, verrannt und unbelehrbar. Unbelehrbar, ja – und doch hängt dieses hilflose Dasein an der feinsten und sichersten Naht, mit der der Mensch an den Himmel geflickt ist. Ich bin nicht auf die Welt gekommen, um mich von ihr blamieren zu lassen.«

»Eine Stubengeburt. Ein Stubenleben. Ein Stubentod... Eine Stubenfliege«, verhöhnte ihn die Buchin. »Es wird aber der Tag kommen, da Sie mich mit lebendigem Auge erblicken und mit Ihrer ganzen stübischen Leidenschaft entdecken werden. Dann nämlich wird die Unansehnlichkeit, werden die häßlichen Schrift-Schnüre, in denen ich jetzt gefesselt liege, endgültig von mir gefallen sein und Sie werden mich mit ganzem Leib und in freier Gestalt vor sich finden – und dann, Leser, dann *du:* dann wirst du mir erzählen und nicht aufhören zu erzählen, denn ich werde mir entfallen sein...«

Mit diesen letzten Worten, die ihm dunkel blieben, hatte sie sich fürs erste verabschiedet, und es waren ihm darauf noch ein paar Stunden vergönnt, in denen er sich unbelästigt in sein Buch vertiefen konnte.

Seit geraumer Zeit hatte Friedrich Aminghaus unter dergleichen Störungen zu leiden, bei denen seine stete Lektüre von unregelmäßigen Einsprüchen, die aus der Stille kamen, unterbrochen und seine Zuverlässigkeit als Leser (im übrigen seine einzige zu Erwerbszwecken nutzbare

Begabung) auf eine harte Probe gestellt wurde. Früher schon war es zu ähnlichen Einwirkungen gekommen von undeutlichen Wesen, die in sein Gehege gedrungen waren, ja sich regelrecht bei ihm eingenistet hatten. Da gab es eine Zeit lang jenen Mann im glänzenden Purpurgewand, die Kapuze über dem Kopf, der in einer Ecke des Zimmers beständig hockte, derselbe, der einst zu dem tafelnden Swedenborg gesagt hatte: »Iß nicht soviel!«, durchtriebene Erscheinung, hatte inzwischen eher eine Art Trainingsmantel übergeworfen, mit denen die Boxer in den Ring steigen, man sah ja nicht viel von ihm, bloß die nackten, spärlich behaarten Beine, der streunte offenbar seit Jahrhunderten durch die Geistesgeschichte und war nun auch Aminghaus zugewandert.

Nun mußte man ihm nicht Mäßigung im Essen anbefehlen, da er hierin eine beinahe ungesunde Zurückhaltung bewahrte. Des Gastes leise, wie nebenhin gesprochene, aber umstandslos klare Anweisungen galten denn auch dem einzigen Laster, dem Aminghaus verfallen war. Und so hörte er von früh bis spät: »Lies nicht soviel!« Kaum daß er am Morgen zu seinem Tisch schritt und die Bücher aufschlug: »Lies nicht soviel!« Folgte er nicht sogleich, dann wiederholte sich der Befehl bei jedem Umblättern der Seite, solange, bis er nicht mehr wagte, weiterzuschlagen, da ihm der unvermeidliche Verweis schon im voraus im Ohr klang und seine Geistesgegenwart von der Lektüre ablenkte. Da er aber bald bemerkte, daß dieser Bote zu nichts weiterem fähig war, als ihm einsilbig das Lesen zu vermahnen, und jede nähere Erläuterung schuldig blieb, sah er keine andere Möglichkeit, als ihm zunächst zu gehorchen und für sich selbst herauszufinden, was er denn statt des Lesens Richtigeres oder Gesünderes tun könnte.

Es war nicht leicht, mit diesem abseitigen Gesellen auszukommen, der immerzu anwesend war und nur diese eine monotone Order erteilte. Friedrich wünschte sich dringend seinen nächsthöheren Vorgestellten herbei, der ihn vielleicht mit weiterführender Hand in der neu entstandenen, lähmenden Offenheit allen beliebigen Tuns und Lassens betreut hätte. Aber dieser konnte so bald nicht erscheinen. Zuerst hatte man aus eigener Wahl den ersten richtigen Schritt zu tun. Vom Einstellen des Lesens führte ein direkter Weg zum Handeln als seinem klassischen Gegenteil. Dieses wiederum war in noch unabsehbarere Bereiche unterteilt, als selbst die Bibliotheken von Alexandria es gewesen sein mögen. Man konnte Gutes tun und man konnte Schlechtes tun. Man konnte Sport treiben oder Geschäfte machen. Man konnte seinen Garten pflegen oder dem Staat dienen. Die Welt des Handelns für sich genommen war schon unermeßlich, ganz zu schweigen davon, daß nicht auszumachen war, ob Handeln tatsächlich der erste richtige Schritt weg vom Lesen war. Dieser hätte ebensogut im Schreiben liegen können oder im Reisen. Oder im Gespräch mit guten Freunden. Lauter Beschäftigungen, die weder mit Lesen noch im strengen Sinn mit Handeln etwas zu tun hatten.

Er versuchte es also zuerst mit dem Reisen, der Einfachheit halber und der angeblichen Zerstreuung, die man dabei ähnlich wie beim Lesen erfahren sollte. Er reiste ohne ein einziges Buch im Gepäck – und erfuhr nie bewußter und hilfloser, von Bestimmung und Charakter ausschließlich ein Leser zu sein, als unterwegs in der Entbehrung des Buchs.

Nichts konnte ihn weniger von sich selbst entfernen als die weite Reise, die großen fremden Städte, die er nur besuchte, um sie zu sehen und sie sehenswürdig zu finden. Im Mittelpunkt seiner Ausflüge standen nicht die Straßen, Bauwerke, Gärten und Säulen, im Mittelpunkt stand einzig sein unentwickeltes, mangelhaftes Interesse daran, der quälende Schwund an Beeindruckbarkeit, der sich vor Ort, vor den Kostbarkeiten, den Denkmälern der Fremde jedesmal einstellte. Sein borniertes Erleben war es, das ihn am meisten befremdete und ermüdete.

Er dachte: indem ich meine Erkundungsgänge vornehme, kehre ich in die ewigen touristischen Runden ein, die wie magische Pfade sind und mich der Kraft zu einer einzigen besonderen Wahrnehmung berauben. Diese Pfade unterströmen den Einzelgänger mit einer universellen Gleichgültigkeit, gegen die er kaum Widerstand aufbieten kann. Er sah sich dann zuweilen unterwegs wie der gefangene Greis vormals in der Spandauer Festung, der auf seinen Hofgängen schon mehrfach die Erde umrundet hatte.

Warum bin ich hier? Warum bin ich ausgesetzt in der Mitte all derer, die hier so offenkundig und so unberührbar heimisch sind? Die ihre Kirchen, Plätze, Caféhäuser, Gassen und Brunnen nicht angaffen müssen, sondern mit Gewohnheit erfüllen, sie benutzen und leicht übersehen dürfen. Die heimische Welt, die man bei sich selbst zuhaus niemals zu spüren bekommt, hier läuft sie ab vor dir, vordergründig und unantastbar wie ein Film. In der Trägheit des Trottens, im Zerfall des Sehens erhöhte sich das Begehren, und er suchte die schönen Gesichter der Entgegenkommenden, der Verkäuferinnen oder der Käuferinnen, mehr war im Grunde nicht zu unterscheiden, im Augenblick der intimen Zuwendung, in der plötzlichen Begegnung mit ihm, dem Fremden, zu erraten. Alles reizte doppelt in der flimmernden Interesselosigkeit. Wenn also die Fremde die Gesamtheit alles Heimischen ist außer dir, so sagte er sich, dann gibt es nur ein Abenteuer, das sich hier lohnt, und das ist, einen Fuß in ihre Tür zu kriegen... Wo Worte und Verbindungen fehlen, suchen es eindringliche Blicke allein zu schaffen. Jedoch bei einem Film, dieser unnahbaren Haut, kann man von außen niemanden zum Innehalten bewegen. Man wird nicht einmal bemerkt. Zuhause ist man nicht heimisch, in der Fremde sind es die anderen. Wo soll man hin? Man kann versuchen am Ende des Trottens, abends, einige Worte mit dem Hotelportier zu wechseln, der englisch oder französisch versteht. Das kann Wunder wirken, große Erleichterung schaffen, wenn man sich kurz vor dem Zubettgehen noch einmal als sprechender Mensch bewährt hat. Vielleicht nur, um eine Flasche Rotwein aufs Zimmer zu bestellen. Funktionslust. Es klappt. Um zehn Uhr ist der Abend noch sehr früh (wenn man sich nicht gerade im Ostblock oder in Zürich aufhält). Es wird zur Qual, sich vorzustellen, wie aus allen Schlupfwinkeln das erfrischte Leben in die Straßen treibt, das man bereits um sechs Uhr gesucht hatte, als es jedoch nur geschäftig und abgespannt hatte sein können. Aber nun nichts mehr. Nicht wieder hinunter und am Film entlang. Man hat genug gesehen. Und genug Blicke tun jetzt noch weh, die alle gebeugt, unterworfen wurden von Mauern, dunklen Augen und teuren Gemälden. Morgen früh ist eine Busfahrt angesetzt um achtuhrdreißig, nach dem Frühstück ohne deutsches Brot. Der Tag ist gut verplant, die Zeit gestreckt und hängt nicht durch. Es wird nicht ganz unwichtig sein, wer im Bus neben einem sitzt. Die Tour soll viereinhalb Stunden dauern. Man wird wiederum nichts sehen. Vor den Dingen wird man die letzten geringen Kenntnisse verlieren. Die Ahnungslosigkeit und Stumpfheit vor diesen unzugänglichen Orten, den Sehenswürdigkeiten, bei denen man abgesetzt wird, ist so geheimnisvoll und dicht geballt, daß eigentlich im nächsten Augenblick der Umschlag in ein fremdartiges Erkennen, eine geschichtliche Entrückung erfolgen müßte. Dazu kommt es jedoch nicht: die Gemeinschaft der Gaffenden, der mittelmäßig Aufmerkenden, mittelmäßig Informierten, mittelmäßig Erfreuten und Einfühlsamen, die Gemeinschaft mit diesen leichten Besichtigern, die weder ganz ergeben noch ganz vergeßlich sind, die sich die Dinge allesamt verkleinern und einreihen können, die ein Ding bereits haben, wenn sie nur die geringste Ähnlichkeit mit einem anderen, ihnen bekannten daran entdecken, die sich vollkommen gewiß sind, daß dieses seltene, erlesene Ding ihnen, den Massen, gehört und folglich nur von den mittelmäßig aufgeklärten Massen auf die angemessene, in der Geschichte bisher einmalige Weise verstanden werden kann – diese

Gemeinschaft verschluckte sein Bewußtsein. Das war alles.

Der Leser blieb daraufhin wieder zuhaus. Offenbar hatte er aber doch einen ersten richtigen Schritt unternommen, denn mit Hermetia, dem Plaggeist im Buch, war zweifellos ein ranghöheres Wesen zu ihm geschickt worden. (Welche Hierarchie in der sonderbaren Versuchung, die ihm angetan wurde, und in wessen Namen diese überhaupt herrschte, blieb ihm jedoch weiterhin undurchsichtig.) Zwar lief auch das Flüstern und Drängen dieser Gesandten auf denselben Befehl hinaus: das Buch zu schließen, das er gerade las, doch stellte sie dem Nicht-Lesen nun ein festes Ziel in Aussicht, und dieses war sie selbst, ihre leibhaftige Gesellschaft. Allerdings, im Vergleich mit dem einsilbigen, im Dunklen kauernden Swedenborg-Mann erwies sich die sehr gesprächige Hermetia als die weitaus lästigere Störung. Um sich ihrer Zudringlichkeit zu entziehen, benutzte er den nächstliegenden Ausschlupf und suchte Zuflucht in der zentralen öffentlichen Bibliothek. Natürlich würde er ihr auch an diesem Ort nicht unerreichbar sein. Aber da es hier nie ganz still war, sollte es ihr nicht so leicht gelingen, mit ihrer staubfeinen Stimme aus der Mitte des Buchs, in das er jeweils vertieft war, bis an sein Ohr zu dringen.

Literatur mag zu mancherlei nützlich sein. Gewiß dient sie auch dazu, daß sich der Mensch während seiner eigenen geringen Lebensspanne einen zweiten, größeren Zeitraum erschaffe, insofern er, was in Wirklichkeit vielleicht hundert oder mehrere hundert Jahre entfernt voneinander entstand, auf seiner Tischplatte genauso wie in seinem Geist enge zusammenrückt und in eine auffordernde, beunruhigende Nachbarschaft versetzt. Auf diese Weise durchlebte ein so gewaltiger Leser wie Aminghaus, der, außer dem spärlichen Grüßen morgens, wenn er die Bibliothek betrat, kaum einen Menschen beachtete, die Ideen von

Fortschritt und Niedergang, von Hoffnung und Empörung, Verdammnis und Erlösung quer durch die Zeitalter in der gedrängtesten Folge, und dabei löste sich das geschichtlich Gebundene von seinem Grund und verwob sich ihm zu einem nervlichen Einerlei; selbst das Feinste, Tiefste und Unvergänglichste der Kulturen enthüllte im Tempo des Lesens seine letzte bittere Wahrheit: eine unerhörte Vergeblichkeit. Zuletzt waren es eben nur schöne Flausen, die durch die Geschichte tanzten, sehr viel Schönes, gewiß, aber nichts darunter, an das man sich auf Dauer halten konnte – jedenfalls, wenn man immer weiterlas.

In Wirklichkeit zog ihn das große *Totum simul*, das Megagedächtnis, in dem er dahinstrudelte, immer tiefer in die Windungen einer Zerstörung hinein, bis ans Herz der Erschütterung, immer tiefer in die Ruinenstadt der *Erzählung*, denn dies hier war ihre Nekropole, wo alles *miteinander* hauste, wie in den gewaltigen Wandelhallen, die man jetzt draußen vor den Städten errichtete zum Kaufen, Spielen, Geschäftemachen, mit Eisbahnen, Kinos, Gräbern und Zoo, alles unter dem Lichtdach für immer. Wer nicht in der Halle geht, den straft die Zeit. Die huschenden Geister, die stehende Geschichte, Wahn und Bewahrung, Verenden in einem dunklen Zimmer und Empfänge in einem festlichen Spiegelsaal, das endlose Nebenan. Der Zuspruch des Weisen und der Biß einer wollüstigen Zecke im Busch. Einst, Jetzt, Nie, demokratisch vereint, die Toten, die Unsicheren zwischen Tod und Leben und die Erfundenen. Die Erloschenen in ihrem blühenden, goldschimmernden Damals und die Jetzt-Chimären, die mit winzigen Fuchsköpfen aus ihren Schneckengehäusen lugen. Und all das weitläufige Volk von Helden und Krüppeln, Mädchen und Priestern, Nachtpförtnern und Dschungelkindern, sarabanda notturna, girotondo di una compagnia immortale. Angestellte und Führer des erdumkreisenden Traums, Atem-Hülle des Geistes, unsere Nähr-Zeit aus etwas, das es nie gab und niemals geben wird.

Und doch beschlich ihn manchmal der Verdacht, daß die Große Bibliothek ihm etwas verbarg, das er nie entdecken dürfte.

»Ich habe den Wälzer gewälzt, ich habe die Blume im Album gewendet: ich habe nie die Kehrseite gefunden, die dunkle, wo die Asseln hausen. Jedes Umschlagen brachte ein neues Vorderblatt. Vielleicht rückwärts der letzten Seite, die ich lesen kann, beginnt *alles* ein Ungeziefer gewesen zu sein.«

Da saß er nun als der letzte Leser des Tags allein am langen Tisch der Bibliothek. Durch die trüben Fenster der Galerie brach die sinkende Sonne einen schmalen Lichtsteig, der über Buchrand und Tischplatte hinab auf das zerstoßene Parkett führte. Im Prismenrauch schwebte die feine Last seines trockenen Atems, winzige Sicheln und Grieße des Staubs schimmerten wie galaktische Schleier.

Er hatte beide Hände flach auf die Buchseiten gelegt. Er zögerte vor dem klaren und nahen Glück dieser Zeilen, die sich jeder eifrigen Kenntnisnahme, jeder raschen Nutzung wie Elfen entzogen. Ein sanftes Nachgeben seines Geistes mußte er abwarten, eine innerste Bereitschaft zum Nicht-Verstehen.

Das Buch – das einzige Wesen, vor dem der heutige Mensch noch den Blick niederschlägt, niederschlagen muß! Alles Höhere sonst wird geradeaus besehen, ohne Scham und Scheu!

Es gab noch eine andere Leiter als das geschliffene Licht, das von draußen eindrang. Sie hing an einer Schiene vom oberen Rand der Galerie. Dort oben war es dämmerig jetzt, und dunkle hohe Folianten ragten wie Föhren auf dem kahlen Berg. Aus dieser Abgeschiedenheit, in die der Lesesaal um jene Stunde getaucht war, und aus der Stille, die erst recht geräumig wurde, wenn draußen in der Garderobe die Wärter plauderten, aus einer spürbaren Hohlstelle in der gesamten Ereigniswelt stiegen lang und länger, Sprosse für Sprosse hinab die hohen Beine, die spitzen Absätze, die burgunderroten Schuhe, der enge, geschlitzte Rock, der erhabene Rücken, der weiße Nacken, das aufgesteckte platinblonde Lockenhaar – trat hervor die hellste je aus dem Dunkeln niedergestiegene Frau.

»Ich habe Sie nicht bemerkt. Ich dachte, es wäre niemand mehr hier«, sagte sie noch auf der Leiter, wobei sie anhielt und auf Aminghaus herabblickte. »Ich habe dort oben Stunden gewartet, aber er kam nicht.«

»Warum haben Sie nicht gelesen?« fragte er erstaunt.

»Ich habe gewartet, ich war beschäftigt. Wir waren hier verabredet schon für den frühen Nachmittag. Ich habe die Buchreihen durchgezählt von links nach rechts, von oben bis unten. Ich glaube, er liest auch nicht gern. Wir lesen beide nicht gern. Aber so genau kannte ich ihn noch gar nicht! Und jetzt, fürchte ich, haben wir nichts mehr miteinander zu schaffen!«

Sie ging, sie wiegte sich herbei. Wahrhaftig, sie gehörte nicht in diesen Raum, sie querte eine fremde Welt!

Sie setzte sich leicht zu ihm über die Tischkante, schlug die Beine übereinander und klappte den linken Schuh auf und ab. Sie schien rundum unschlüssig und nur allzu bereit, für die geplatzte Verabredung irgendeinen Ersatz zu finden. Dies spürte Aminghaus und es machte ihn beklommen. »Lesen wir«, sagte er plötzlich leise und verwirrt, »lesen wir hier. Lesen wir augenblicklich. Sie werden sehen, selbst Platon zu lesen ist weitaus einfacher, als eine U-Bahn-Karte zu lösen am Automaten...« Da mußte die Frau auf seinem Tisch lachen, aber sie lachte ihn nicht aus, es klang etwas Schönes, Gläsernes, Fernes aus ihrem Mund.

Aber war sie es etwa – war das vielleicht Hermetia, Hermetia ohne Schrift, wie sie sich ihm für einen nahenden

Tag angekündigt hatte? Oh nein! Sie war es noch lange nicht. Nur eine ihrer vorderen Botinnen, Wegweiserinnen, in deren Folge er schließlich bis zu ihr, bis ins Haus der Verführerin selbst gelangen sollte. Aber seltsam! Ihm schien, die Mittlerin könnte ebensogut bereits die endliche Geliebte sein, so wie in burlesken Romanen bisweilen der Held die Quartiermacherin heftig und gerne verwechselt mit der später eintreffenden, heimlichen Braut. Ja, er folgte ihr, der herabgestiegenen Blonden, er konnte ihrer Anziehung nichts mehr entgegensetzen. Er ließ das Buch aufgeschlagen und unverstanden auf seinem Platz zurück und schnürte hinter der elegant und frei den Käfig des Geistes durchschreitenden Gestalt. Natürlich verlor er draußen sehr bald ihre Spur. Auf der Straße, unter dem Verkehr der vielen Menschen, die er nicht zu unterscheiden geübt war, verschwand sie ihm auf einmal zwischen vielen ähnlichen. Aber sie hatte bereits ihre Aufgabe erfüllt, er war vom Tisch und Buch fortgebracht, er irrte umher. Denn ihrem Einfluß allein war es zuzuschreiben, daß er an den folgenden Tagen mit einer nie gekannten Unruhe die Stadt durchstreifte, nicht etwa in der Hoffnung, sie wiederzusehen, sondern vielmehr um ›innerlich‹ voranzukommen, wie er meinte, um mit dieser Rundung, die auf seiner Tischplatte geruht hatte und mit diesem sicheren Auge, das mit einem einzigen Aufschlag sein Versteck ausgehoben hatte, irgendwie ins reine zu kommen.

Unter demselben fortwirkenden Einfluß stand er noch, als ihn kurz darauf eine Einladung zu einem Kongreß erreichte, die er umgehend annahm, was unter bedachteren Umständen kaum geschehen wäre. Dann hätte ihn niemals die Gewißheit verlassen, daß er, vom Buch aufblikkend und außerhalb des Zwiegesprächs mit diesem, nichts, aber auch gar nichts mitzuteilen hatte. Doch gerade in seiner Eigenschaft als Entzifferer, als hieb- und stichfester Leser wollte man ihn zum Thema »Entzauberte Welt und neue Zauberwelten« vortragen hören.

Dem förmlichen Schreiben war von Hand ein PS hinzugefügt:

»Herr Professor Albin Scherrer, der hier in S. ansässig ist, läßt höflichst fragen, ob ein ihm persönlich gewidmetes Exemplar von *Paul Kammerers* berühmtem Werk über den Zufall, *Das Gesetz der Serie*, möglicherweise aus der Bibliothek Ihres verstorbenen Vaters auf Sie gekommen sei? Als wir bei Gelegenheit Ihren Namen erwähnten, hatte der alte Herr plötzlich die Eingebung, daß er den vermißten Band vor vielen Jahren seinem ›guten Freund Aminghaus‹ ausgeliehen habe. Vielleicht will es besagter ›Zufall‹, und er läßt sich bei Ihnen finden? Sein Besitzer wäre sicher überglücklich, wenn Sie ihn hier damit überraschten.«

Es war ein Abend des anbrechenden Herbstes, und die Straßenbäume hatten vorzeitig die Hälfte ihres Laubs abgeworfen, als Aminghaus in S., dem Tagungsort, eintraf. Der kleine Ausbruch von Übermut und diffuser Neugierde, der ihn in Bewegung gesetzt hatte, war mittlerweile aufgebraucht und einem dumpfen Unwohlsein, einer inneren Abschirmung und Teilnahmslosigkeit gewichen. Auf der Fahrt vom Flugplatz zum Hotel lag sein Blick träge im Nacken der Taxifahrerin; das Haar war dünn und kurzgeschoren wie bei einem Marinesoldaten bis hinauf zum buttergelben Schopf, den ein Scheitel in zwei flache Wellen teilte. Sie trug einen einzelnen Silberring im rechten Ohr, so groß, daß ein Wellensittich darin hätte schaukeln können. Unterwegs wetteiferte sie mit ihren Kollegen über Funk im schnellen Versetzen kleiner, anzüglicher Floskeln und Wortspiele.

»Der feine Mann trägt Hut...« Der Kollege ergänzte unter Störgeräuschen: »Aber nur unterm Arm.« Und sie schloß wieder auf: »Denkste, nur unter der Dusche.« Dann sah sie in den Rückspiegel, um zu prüfen, ob ihr

Fahrgast mitlachte. Aminghaus hatte jedoch keine Miene verzogen. Seine Gedanken waren viel zu bleiern, um auch nur den flachsten Hintersinn zu erfassen.

Vor dem Parkhotel trat er unter das Banner des Kongresses, das zwischen zwei Fahnenmasten ausgespannt war, ein unter Böen donnerndes Tuch, das sich wölbte und leerte, vorstieß und sich straffte.

Bedenkzeit

Internationaler Eventualisten-Kongreß

Der Leser zog in diesem Augenblick erstmals in Erwägung, seinen Vortrag, der unter dem Titel »Ist die Welt entzauberbar? Max Weber heute« (Team C, Perspektive 11) angekündigt war, nicht zu halten. Er fühlte sich fiebrig und sonderbar erschöpft. Der Gedanke, vor ein Pult zu treten und das Wort zu ergreifen, erregte Abscheu in ihm. Wozu noch reden? Hatten nicht alle längst ausgeredet und standen nur noch als leere Nachtöner ihrer selbst vor den Mikrophonen? Das allgemeine Gewissen, übervoll der Eventualität, übergewiß dessen, was sich ereignen könnte, knisterte wie zerfallender Schaum auf den Abwässern der Rede und Widerrede. Und diese waren längst machtlos geworden, am allerwenigsten fähig zur Abwendung von Unheil, denn sie selbst waren ein Vorschub der Zerstörung und des Heillosen.

Er dachte, es könnte vielleicht nützlicher sein, durch praktisches Schweigen etwas zur Vermeidung der marodierenden Bedenklichkeit beizutragen, als wiederum in einem Vortrag zu solcher Vermeidung aufzurufen. Aber weshalb war er dann hierhergekommen? Was konnte er außer Überdruß hier sonst noch erfahren?

Er trug sich an der Rezeption ein und ließ sein Gepäck aufs Zimmer bringen. Ein rundlicher Mann in mittlerem Alter mit einer ovalen Goldrandbrille trat neben ihn und stellte sich vor. Er war Sportsemiologe, und Aminghaus erinnerte sich, ihm während seiner früheren Tätigkeit als Referent einer Studienstiftung ein oder zweimal flüchtig begegnet zu sein. »Ja«, sagte der Mann und schob den Kongreßkatalog von einer Hand in die andere, »damals vor zwanzig Jahren, Sie haben mir einmal auf der Heimfahrt von Kleve beim Radwechsel geholfen... Damals waren die Reifen wesentlich schlechter als heute.«

Seine Tochter saß in der Lounge an einem Tisch und löffelte mit ihrem Söhnchen zwischen den Knien an einem großen Stück Apfeltorte. Sie hatte gebleichtes, fast weißes Haar, zur hohlen Mähne toupiert, die schief und eingefallen vom Kopf stand. Sie rauchte in tiefen Zügen, die Haut war sehr blaß, das Auge schwarz untermalt und unruhig. Friedrich gab ihr zur Begrüßung die Hand. Sie lächelte verhuscht und entzog ihre lasche Hand, ohne zuzudrükken.

Der Sportforscher war sehr gehemmt; er genierte sich wohl für den unbedacht freudigen Schritt, den er auf einen alten, jedoch nur flüchtigen Bekannten zu getan hatte. Es wollte sich kein freier Austausch von Erinnerungen ergeben. Aminghaus verabschiedete sich, ohne wirklich die ›Zeit des Reifenwechsels‹ wiederaufleben zu lassen.

Später, als er auf sein Zimmer ging, merkte er, daß ihm auf dem Flur jemand folgte. Es war die junge Frau, die Tochter seines Kongreßkollegen. Sie ging hinter ihm her und blieb neben seiner Tür stehen. Er hielt es für überflüssig, zu fragen, was sie von ihm wünsche. Sie wartete darauf, daß er aufschloß. Sie wich seinem Blick aus, indem sie den ihren senkte und auf den Schlüssel in seiner Hand richtete. Sie rauchte. Sie ging ihren Gang. Der Leser überdachte, ob er irgendeinen Anlaß gegeben hätte, einen unvorsichtigen Wink, den sie als Einladung empfunden haben könnte. Er war sich keiner solchen Regung bewußt. Das Mädchen ging offenbar ganz aus sich und in einer willenlosen Anziehung voran. Ihr Kind hatte sie beim Großvater gelassen, ja, er war schon Großvater, dieser einst schlanke, etwas wuselige Zeichenkundler, dieser Wiedergänger aus längst verflossenen Tagen, der kaum älter war als Aminghaus selbst. Seine Tochter mochte erst Anfang zwanzig sein, wirkte jedoch, vielleicht ihres farblosen Haars wegen, von den Jahren angestaubt. Als sie sein Zimmer betreten hatte, drückte sie zuerst ihre Zigarette im Aschenbecher aus. Dann blieb sie neben der Kommode stehen, streifte beide Ärmel ihres Pullovers über die Ellbogen und kreuzte die Arme unter ihren Brüsten. Sie sah ihn mit einem ebenso furchtsamen wie fordernden Auge an und sagte: »Sie haben mir so freundlich die Hand gegeben.«

Er legte ihr den Arm um die Schulter, halb belustigt, halb gütlich; doch sie drängte sich unvermittelt an ihn. Er löste sich von ihr, strich, um nicht unfreundlich zu wirken, mit der flachen Hand über ihr schiefes Haar, unsicher, ob man sie wie ein Kind besänftigen müsse.

Aber damit war es nicht getan. Auch als er sich abkehrte und sein Gepäck öffnete, zum Zeichen, daß er nun seinen Raum für sich allein in Beschlag nehmen wollte, verharrte sie und machte keine Anstalten, sich zu entfernen. Sie erklärte sich mit allem einverstanden, wenn sie nur bleiben dürfe. Sie bot an, mit ihm zu schweigen oder zu lieben oder über den Kongreß zu debattieren – wenn sie nur bleiben konnte, um mindestens für eine Weile aus der furchtbaren Kälte und Verwahrlosung ihrer Gefühle herauszukommen.

Dafür war sie bereit, nacheinander alles vorzuführen, was ihr kleines Repertoire an geselligen Verhaltensweisen hergab, ungefragt oder auf Abruf, Gespräch, Monolog, Nacktheit oder Stille. Jemand hatte ihre Hand gedrückt und für die Dauer einer diffusen Wärmeaufladung war sie genötigt, ihm anzuhängen.

Da Aminghaus nichts von ihr verlangte, kam sie nach

einer Weile von selbst auf ihren Eingangssatz zurück, betonte ihn neu und verzierte ihn mit Bändel und Schleife: »Ich habe Ihnen noch nicht gesagt, wieviel es mir bedeutet hat, daß Sie mich beachtet haben und mir die Hand gaben mit einem festen, ermutigenden Händedruck. So empfand ich es vom ersten Augenblick an, aber ich traute mich nicht, Ihnen zu sagen, daß Sie mir von Ihren Ideen her seit langem kein Unbekannter sind und daß ich nur immer darauf wartete, Ihnen endlich einmal persönlich zu begegnen –«

Sie wurde leiser während der letzten Worte, brach ab, als glaubte sie selber nicht an die Girlande, die sie da müde geflochten hatte. Sie rauchte wieder und starrte zu Boden. Darauf begann sie ›mit etwas anderem‹, versuchte den Fremden in einer schroff entgegengesetzten Tonart zu erreichen und aus der Reserve zu locken.

»Warum haben Sie meinen Vater beleidigt? Warum haben Sie ihn so abrupt stehengelassen? Sie haben ihm nicht einmal geholfen, als er in seinen Erinnerungen kramte. Warum tun Sie so etwas? Warum beleidigen Sie andere Menschen? Weichen Sie mir nicht aus! Antworten Sie! Ich kenne Sie nicht, Sie sind mir völlig gleichgültig, aber ich vermute, Sie sind ein eitles und herzloses Scheusal!«

Sie hatte sehr schnell gesprochen, beinahe ohne innere Anteilnahme, und der Vorwurf ertönte wie aus einem Automaten, der eine Fertigteilrede ausspeit. Kaum war sie mit der Empörung fertig, wechselten schon wieder Stimme und Stimmung, und sie begann ohne Übergang heiter, altklug und frivol zu sein, wobei sie die Arme hinter die Stuhllehne klemmte und ihre Fußspitze kreisen ließ.

»Vielleicht hatten wir beide nicht mehr damit gerechnet, daß es eines Tages doch noch passieren würde, was meinst du? Es war nicht mehr so ohne weiteres zu erwarten, daß wir uns noch mal näherkommen würden, ich meine, nach den zig Jahren der bloßen Kameradschaft, oder wie soll ich das nennen, der leicht unterkühlten Beziehung, wenn du so willst. Ich hatte es offen gestanden nicht mehr erwartet –«

Sie stand auf, zog ihren Pullover straff über die Hüfte und drehte sich zum Spiegel, um ihre kleinen Brüste hervortreten zu sehen.

Wie sie sprach, waren es dreierlei Anreden aus gänzlich verschiedenen Zeiträumen und Situationen zwischen zwei Menschen, die sie willkürlich und knapp hintereinander geschaltet hatte, um den Zugang zu diesem anderen zu erspielen, so wie man am Zahlenschloß eines Koffers probiert, ob man nicht zufällig den richtigen Code trifft.

Sie wandte sich zu ihm und öffnete ihren Rock, langsam, mit einer stummen Anfrage. Er verneinte mit einem leichten Kopfschütteln. Sie zog den Reißverschluß wieder hoch. Dann nahm sie nach kurzer Überlegung das Tablett mit Früchten vom Tisch und wollte es ihm bringen – darreichen. Auch diesmal verneinte er stumm. Denn auch ihre Aufwartung wollte er nicht dulden. Sie nahm den kleinen Schreibblock und den Bleistift, die neben dem Telefon auf dem Nachttisch lagen. Sie setzte sich mit übereinandergeschlagenen Beinen auf die Bettkante, drehte den Kopf leicht zur Seite und erwartete sein Diktat. Aber er verneinte ein weiteres Mal, denn auch seine Schreibkraft konnte sie nicht sein.

So legte sie Block und Stift wieder beiseite und sann auf eine nächste Gebärde, ein anderes Anerbieten. Dazu trat sie ans Fenster und öffnete den Vorhang. Sie kniete im Licht der blinkenden Reklame vom Nebenhaus nieder und faltete ihre Hände wie ein Kind zum Gebet. In aller Unschuld sah sie verstohlen zu ihm auf, um zu bemerken, daß er auch das verneinte, denn er brauchte und wünschte sich niemanden, den er zu beschützen hätte.

Also stand sie wieder auf, zündete sich eine Zigarette an und setzte sich auf den Stuhl. »Nur hierbleiben«, sagte sie, »es wird sich schon etwas finden, das ich für Sie sein kann.«

»Sie haben einen Sohn«, sagte Aminghaus, »und Ihr Vater ist mir als ein freundlicher, gutherziger Mann in Erinnerung, der sich bestimmt geduldig um Sie kümmert. Weshalb tun Sie so – ausweglos?«

»Halt du dein Maul!« stieß sie kurz, mit unkontrollierter Schärfe hervor. »Rede du nicht von mir! Laß das!«

Der Leser schrak zusammen, augenblicklich fühlte er sich in der Gefangenschaft dieser unglücklichen Person, die wohl sehr genau spürte, daß er weder willens noch fähig war, sich gewaltsam aus ihr zu befreien.

Sie lehnte sich vor, tippte die Asche auf den Teppich und sagte mit schwerer unruhiger Betonung: »Sie haben mir die Hand gegeben. Verstehen Sie? Ich spürte auf einmal Ihre ganze Stärke, Ihre Aufrichtigkeit –« Nun kehrte sie in die Schleife der Wiederholung ein, sank zurück in den sentimentalen Stil des Beginns.

Er dachte an ihren Vater, den inzwischen gemütlichen, rundlichen Mann, der seinerzeit eine beachtliche Studie zur ›Metasynthese des Zehnkampfs‹ vorgelegt hatte, und er dachte an den kleinen Jungen, ihr Kind, das zwischen ihren Knien vor der großen Apfeltorte gesessen hatte, und jetzt wurde ihm auch der halbvergessene Radwechsel auf einer regennassen Landstraße wieder lebendig, damals vor beinahe zwanzig Jahren…

»Was sollen wir tun?« fragte er die Tochter, die Mutter, die blasse junge Frau. Er wußte nicht mehr, wie er sie bewegen könnte, sein Zimmer zu verlassen.

»Nichts. Gehen Sie zu Bett. Ich setze mich ans Fenster und sehe auf die Straße hinunter.«

Ja gut, damit war er einverstanden. Er konnte sich vor Müdigkeit kaum noch auf den Beinen halten. Er zog sich aus und legte sich zu Bett. Sie rückte den Stuhl ans Fenster und summte leise vor sich hin.

Er mußte auf der Stelle eingeschlafen sein. Mitten in der Nacht fuhr er aus dem Schlaf. Die Nachttischlampe brannte. Er sah den Stuhl neben dem Fenster, er war leer.

»Gott sei Dank!« dachte er, »sie ist fort.«

Er stand auf und ging ins Bad. Als er das Licht anschaltete, sah er sie am Boden neben der Wanne liegen, sie hatte sich aus Badetüchern und Vorlegern ein notdürftiges Lager bereitet. Aber sie war nicht allein. In ihren Armen schlief der Junge, und nebenan auf dem Hocker saß der Großvater, der Mann vom Radwechsel. Er hatte die kleinen Whisky- und Cognac-Flaschen aus der Zimmerbar geleert und machte einen gelassenen, stillvergnügten Eindruck. »Verzeihen Sie bitte, daß ich mich bedient habe. Aber dies ist eine selten glückliche Nacht«, sagte er. »Sie schläft. Seit Wochen, Monaten das erste Mal. Und das verdanken wir Ihnen, Ihrer Geduld, Ihrer Fürsorge und Hilfe. Sie war so glücklich, als sie uns herüberholte, so ruhig und heiter, wie ich sie seit langer Zeit nicht mehr erlebt habe. Heute endlich konnte sie den Schlaf finden!« Die beiden, Mutter und Söhnchen, boten in der Tat einen Anblick von friedlichster Stille und Geborgenheit. Der Vater auf seinem Hocker war ebenfalls selig und sagte: »Morgen wird sie ein ganz anderer Mensch sein. Sie werden sie nicht wiedererkennen ...«

Der Leser betrachtete die schlafende Frau und erkannte, daß sie eine makellose Schönheit besaß. Ihre Blässe war die eines leichten Zwischen-Sphären-Geschöpfs. Gewiß war sie eine verkümmerte Dämonin, die zu anderer Zeit allein durch die Kraft ihrer Anmut jedermann hätte überzeugen können. Eine Frau, die geschickt worden war zu bezaubern, jedoch auf lauter schon Gebannte traf. Denn jeder, dem sie sich zugesellte, war in närrische Worte versunken, steckte voller Anschauungen und sah sie nicht! Daher verkümmerte sie an ihrer Wirkungslosigkeit und verwirrte sich.

Er fuhr hinaus zum Tagungsort. Die weitläufige Halle aus Stahl und Glas lag umgeben von englischem Rasen, auf dem die Kinder des Hausmeisters Fußball spielten. Zwei

Männer waren mit einem Kühlwagen vor den Eingang gefahren. Sie schleppten jeder zwei Truthähne, die sie an den Hälsen packten, in das Foyer, in dem die Teilnehmer der Eröffnungsveranstaltung herumstanden und sich begrüßten. Die Lieferanten fragten nach der Küche und brachten in der folgenden Viertelstunde Kisten und Eimer mit Nahrungsmitteln herein, wobei sie jedesmal die debattierenden Gruppen durchquerten. Aminghaus war vor das ausgehängte Kongreßprogramm getreten, um nicht ganz ohne Anhalt herumzustehen und dem nervösen Verkehr von Blicken und Grüßen auszuweichen. In seinem Rücken vernahm er das krampfartige Kichern des gereizten Intellekts, Imponiergeschnatter von Koryphäen, die mit gescheiten Anspielungen alberten. Er studierte die Liste der angekündigten Referate und Konferenzen und unterschied die modisch schicken von den hergebracht akademischen Vortragstiteln. Plötzlich bemerkte er, daß in der Spalte »Team C, Perspektive 11« das ausgedruckte Programm mit einem Zettel überklebt war:

ANSTELLE DES ERKRANKTEN FRIEDRICH AMINGHAUS (»IST DIE WELT ENTZAUBERBAR?«) WIRD AM FREITAG, DEM 16. SEPTEMBER, 18 UHR, SAAL 5, PROF. HANS-JACOB SEYDEL (ESSEN) ÜBER DAS THEMA »MAX WEBER UND DIE MODERNE VULKANOLOGIE« REFERIEREN.

Tatsächlich fühlte sich der Leser seit seiner Ankunft in S. unwohl, Fieber mit Schüttelfrost und Erbrechen machten ihm zu schaffen. Aber niemand war bislang davon unterrichtet und noch viel weniger von seiner heimlichen Erwägung, nicht aufzutreten und nicht zu reden. Wie war es also zu der voreiligen Streichung seines Vortrags gekommen? Ein Irrtum, ein Zufall? Oder gar höhere Voraussicht, Vorbestimmung, und er würde am nächsten Freitag nun wirklich bettlägerig sein und absagen müssen? Der Veranstalter und Organisator der Tagung, ein junger holländischer Manager und Informatikprofessor, hatte sich gerade von einer Gruppe Journalisten gelöst, der er im Abgehen halb scherzend, halb verkündend nachrief: »Shivas Dösen, verlassen Sie sich darauf, sendet unter den halb geschlossenen Pfirsichlidern eine neue Welle erotischer Energie über die Erde!«, da wollte ihn Aminghaus ansprechen und sich nach der rätselhaften Programmänderung erkundigen.

Im selben Augenblick aber drängte sich ein anderer Mann zwischen sie, ein hagerer Schauspieler mit ungewöhnlich niedriger faltiger Stirn, der im Rahmenprogramm rezitieren sollte, sich seiner Sache aber nicht mehr sicher war. Aminghaus wußte nicht, ob dieser Mensch sich nur wichtig tat und als Randfigur seine Genugtuung darin fand, sogleich mit dem Chef der Veranstaltung ins Gespräch zu kommen, oder ob es sich um einen wahrhaft geplagten Komiker handelte. Denn er erklärte dem jungen Mann, der auf der ganzen Welt Kongresse organisierte, in ernsthaftem Ton:

»Jedesmal, wenn ich auftrete, habe ich das Gefühl, ein Pantomime steht in meinem Rücken, der alles übertreibt, was ich vorne tue. Der mich ständig stumm verbessert und sich obendrein noch lustig macht über mich. Neige ich den Kopf, läßt er ihn doppelt hängen. Strecke ich den Arm aus, um etwas anzuzeigen, so tut er das gleiche und zappelt seinem ausgestreckten Zeigefinger hinterher, als würde dieser ihn fortziehen. Die Leute lachen, schon wenn ich das Podium betrete, und sie lachen des weiteren immer an den falschen Stellen. Sie lachen mich nicht aus, keineswegs, sie lachen an mir vorbei, eben über jemanden, der unabweichlich hinter mir steht, den Pantomimen.«

»Nun ja«, erwiderte der gewandte Veranstalter etwas gezwungen, »das Gefühl kennen wir alle. Es vergeht auch wieder. Ich würde mir darüber keine grauen Haare wachsen lassen.« Aber indem er dies sagte, wurde er selbst kreidebleich und starrte an dem Hageren vorbei auf den Pantomimen, der tatsächlich schwarz-weiß und unauffällig im Rücken des Künstlers stand. Dieser wurde ein wenig nervös, rollte das rechte Schulterblatt und fragte: »Sieht man da irgend etwas – in meinem Rücken!«

»Nein«, entgegnete der Veranstalter nüchtern wider Wahrheit und Augenschein, »ich kann nichts entdecken.«

»Er hantiert ja so – lautlos. Wenn Sie nichts mehr von mir hören beim Vortrag, dann wissen Sie: jedes Wort hat der Pantomime gefressen!« Damit klemmte er sein Manuskript unter den Arm und schritt mit hängenden Schultern und betont zerstreutem Blick davon, als hoffte er, durch absichtliche Gedankenverlorenheit seinen Fersenmann abzuschütteln. Dieser aber folgte ihm sacht und in grober Übertreibung, wobei er die rechte Hand schirmend über die Augen hielt und vor sich auf den Boden starrte wie in ein tiefes Tal.

Plötzlich war es Friedrich, als hätte er Ria gesehen. Er drehte sich um und durchmusterte die lose Menschenansammlung. Ja, dort stand sie an der Garderobe und gab ihren Ledermantel ab. Er suchte wie zufällig in ihre Nähe zu kommen. Ihre Haare hatte sie blutbuchenrot gefärbt, doch es waren dieselben langen und etwas strohigen Haare wie früher. Aber wie sehr erschrak er nun, als sie ihn offen anblickte und nicht erkannte! Er wagte nicht, sich ihr in Erinnerung zu rufen. Sich *ihr* in Erinnerung rufen? Nach allem, was einmal war – wie unmöglich! Er fragte sie leise und stotternd nach Saal fünf, und sie antwortete, wies ihm den Weg, doch sie erkannte ihn nicht.

Was ist mit mir? dachte Aminghaus beängstigt. Sollte ich mich so furchtbar verändert haben? Welche Zeit ist da vergangen – *welche?* – die mich *ihr* unkenntlich machte? Es war ihm, als erschiene er ohne Nase, ohne Stirn oder einäugig, wie ein elektronisches Bild, auf dem man beliebig Partien löscht und informationslos macht; umbaubar, entstellbar, zum Schatten verflacht wie ein gesendeter Mensch.

Am Nachmittag fuhr Team C, Perspektive 11 in einem Werkbus zum produktionstechnischen Institut der Almond-Ritter-Stiftung. Auf dem Programm standen eine

Unterredung mit seinem Leiter, dem Meister der CIM, und die Besichtigung dieser ersten computerintegrierten Fertigungsanlage im Maschinenbau. Zukunftsmusik also. Die achtköpfige Delegation, ausnahmslos Vertreter der schöngeistigen und kritischen Wissenschaften, und der Professor für neue Technologie begegneten einander mit Vorsicht und Voreingenommenheit, wie es anders nicht sein konnte; skeptisches Unbehagen auf der Seite der Humanler, leichte Geringschätzung und Mangel an rückfragendem Interesse auf seiten des Technikers, des Konstrukteurs der modernen menschenlosen Fabrik.

Hermann Berg, ein untersetzter Mittfünfziger, fast kahlköpfig, mit etwas weichlichen Gesichtszügen und abfallendem Kinn, machte einen ebenso gemütlichen wie selbstbewußten Eindruck und bemühte sich geduldig, seine in der Sache hoffnungslos unkundigen Gäste in die beargwöhnte Materie einzuführen. Man saß in gedrängter Runde in seinem Büro auf einer schwarzen Ledergarnitur, als der Professor zunächst einige Hauptstücke aus seinen (bereits vielfach publizierten) Grundsatzüberlegungen zu Mensch, Technik, Umwelt vortrug. Dabei richtete er sich im Sessel auf, seine behaarten runden Finger lagen auf beiden Knien und nur, wenn er unterbrochen wurde, wenn jemand quer in seine Darlegung fragte, lehnte er sich meist zurück, kreuzte die Beine und klemmte die Hand zwischen die Schenkel, dicht beim Geschlecht.

»In Zukunft werden wir weit mehr Denk-Zeug benötigen und herstellen als Werkzeug und Materialstoffe. Gedächtnisstützen, Entscheidungstechnik. Der Durchbruch der künstlichen Intelligenz geschieht im Schwerpunkt der Frage: wie rufe ich, um eine bestimmte Entscheidung zu treffen, möglichst viel Wissen ab. Wir leben jetzt im Zeitalter der Rechnertechnik der fünften Generation –« Ob denn das immer so rasant weiterginge, ob denn bei den Innovationen der ›Beschleunigungskoeffizient‹ immer stärker anwachse, war die erste, besorgte Frage, die ihm gestellt wurde.

»Nein«, antwortete Berg, »die Entwicklung wird sich eher verlangsamen. Wir haben jetzt auf vielen Gebieten einen Forschungsstau zu verzeichnen. Das neue Wissen kann nicht so schnell diffundieren. Länger als zwei Jahre hält im allgemeinen keine Neuerung mehr – Sie brauchen aber etwa zehn Jahre, bis eine Fabrik auf eine neue Technologie umgerüstet ist. Nein, ich glaube, die Gründerzeit ist jetzt vorbei.«

Aminghaus fiel auf, daß er nicht mehr von Arbeitern sprach, sondern stets von Mitarbeitern oder Fabriktechnikern. »Sind sie nicht in Wahrheit Künstler?« rief er sogar einmal aus, »drei, vier Leute, kreative, einfühlsame Menschen, die beim Maschinenbau vom Programm bis zur Aufstellung alles allein in der Hand haben. Wenn da einer wegfällt, ist die Sache weitaus gefährlicher als bei einem Arbeiterheer. Tausend Räder stehen still, wenn dein starker Arm es will! Ja, aber da müssen erst einmal tausend Arme es wollen! Dagegen: was macht die Fabrik mit dem hochintegrierten Kernspeicher, wenn der eine Fachmann nicht mehr will? Nun, grundsätzlich glaube ich, mit den neuen Technologien geht eine Harmonisierung von Gesellschaft und Arbeit einher, wir schalten die alten Konfliktzonen, die in der Arbeiterbewegung unserer Eltern eine Rolle spielten, nach und nach aus. Unsere Arbeit wird Denkarbeit sein. Denken ist angenehm. Jeder denkt gern. Denken macht mitunter müde, ja, aber es macht niemanden krank.«

Hier nun wurden die verschiedensten Einsprüche laut. Pädagoge, Ethiker, Devianzexperte erregten sich. Sein Harmoniemodell sei zuletzt wohl nur unter einer Roboterbelegschaft durchzuführen. Doch Berg bestand auf seiner Formel von der ›wesentlichen Harmonie‹. »Die harmonische Fabrik wird eine im Einklang mit ihrem Denk-Zeug befindliche humane Gesellschaft mitformen!« Darauf wurde ihm (wie Aminghaus empfand: zu Recht) vorgehalten, daß er das Wörtchen ›human‹ allenthalben als beinahe den technischsten seiner Begriffe verwende, ja, daß es ihn offenkundig nicht einmal geniere, die Maschine einen ›indirekten Menschen‹ zu nennen. Und schließlich: was denn seiner Meinung nach mit der großen Masse derer geschehen solle, die in der CIM keinen Arbeitsplatz mehr fänden? Dies letztere schien auch den Techniker zu besorgen, er machte jedoch geltend, daß bereits seit längerem eine Übersiedlung von Arbeit aus der Fabrik in die vielfältigsten Dienstleistungsbereiche stattfinde und dies zweifellos in noch größerem Ausmaße geschehen müsse. Er persönlich sehe etwa im Gesundheitswesen noch viele ungenutzte Entwicklungschancen: Sorge und Pflege nicht erst im Krankheitsfall, sondern Dienstleistung zur Förderung von Gesundheit, um teure Krankheit zu verhüten. Mit großen Zuwachsraten sei deshalb in der Gesundheitsindustrie zu rechnen.

Es zeigte sich im ganzen, daß zwischen dem Vertreter der Systemkompatibilität und der Abordnung der Systemkritik viele harte Schnittstellen die Verständigung erschwerten.

Anschließend wurden die Besucher in das eigentliche Versuchsfeld hinuntergeführt. Sie betraten das Laborgebäude des Instituts, einen hohen, lichten Rundbau mit Blick auf Grünflächen und Wasserspiele, hier war die CIM, die rechnergestützte Fertigungsanlage untergebracht, die Grundzelle der sogenannten menschenlosen Fabrik. Das Ganze arbeitete indes noch längst nicht in vollendeter Passung, manche Fräse oder Presse lief neben dem automatischen Verbund, weder Daten- noch Materialfluß befanden sich auf dem erstrebten Integrationsniveau. Ein Kran wurde ihnen vorgeführt, der unter dem durchsichtigen Dach auf einer Kreis- und Querschiene lief und jeden beliebigen Ort der Werkshalle ansteuern konnte. Er fand von selbst die benötigten Stahlplatten aus dem Lager und holte sie rechtzeitig nach dem Arbeitsplan, den man seinem Rechner eingegeben hatte. Nun mußte er aber auch wissen, wie schwer und wie lang seine Last war, mußte sie also vermessen. Dafür besaß er ein zweites

Organ, die Laserphotozellen. Noch ein drittes kam hinzu: er durfte seinen Transport niemals über den Kopf eines Mitarbeiters führen, mußte also beispielsweise bemerken, wo ein Techniker vor seinem Bildschirmgerät saß, und das ermittelte er mit Hilfe einer Infrarotkamera, die für die Wärmestrahlung des Menschen empfindlich ist. »Im Maschinenbau haben wir Deutsche ohnehin nur eine Chance bei absoluten Präzisionsinstrumenten. Das grobe Werkzeug kommt aus den Billigländern. So wird jetzt bei uns an temperaturunabhängigen Maschinen gearbeitet, die keine zusätzlichen Kühl- oder Wärmesysteme benötigen. Mato grosso 60° plus, Sibirien 20° minus, bisher verzogen die außenproduzierenden Maschinen dabei erheblich ihr Material. Nun sind wir dabei, eine Spindel aus einer neuartigen Stahl-Kunststoff-Kombination herzustellen.« Der Professor führte seine Gäste zu zwei jungen Mitarbeitern, die die Krümmbarkeit eines solchen neuen Stoffs am Simulator-Bildschirm in allen erdenklichen Belastungsphasen prüften. Die beiden waren in ein stilles Erwarten und Vergleichen von Meßwerten vertieft. Berg erläuterte ihre Tätigkeit mit den Worten: »Durch Simulationsläufe wird das Risiko bei der Maschinenprogrammierung gemindert, die Zuverlässigkeit der späteren Betriebsläufe erhöht.« Einer der beiden hob nun den Kopf und sagte getreu den Maximen seines Meisters: »Unsere Arbeit besteht zu 95% aus Nachdenken«, und der Professor ergänzte lächelnd seinen Gästen: »Zum Denken brauchen Sie aber Zeit. Das geht heute nicht schneller als vor hundert Jahren. Vielleicht stehen wir an der Schwelle zu einer besonders nachdenklichen Epoche.« Ob denn nicht unter soviel Schein und Simulation der arbeitende Mensch den Kontakt zur Wirklichkeit an sich und zur Wirklichkeit seines Produkts im besonderen verlöre, wollte jemand wissen. »Alles ist real«, erwiderte aber der Institutsleiter und zuckte verständnislos die Achseln. »Sehen Sie hier: machen die Techniker falsche Angaben, weist die Maschine sie zurück. Eingebaute Diagnosesysteme überwachen fortwährend den Zustand des Geräts, und falls nötig, werden sie die entsprechenden Wartungsanweisungen anzeigen. Was ist daran Spuk? Nur gewisse Leute, die nicht konkret mit Rechnerproblemen beschäftigt sind, reden hier von Realitätsverlust und Scheinwelt. Angst und Horrorvisionen bildeten gewissermaßen die kritisch-künstlerische Begleitung der zweiten industriellen Revolution. Stille und Harmonie, künstlerische Sensibilität, ein kreativer Umgang mit Abstraktionen sind dagegen die Kennzeichen der heutigen nachindustriellen Produktion. Wollen Sie denn angesichts geschlossener Funktionskreise, fehlervergebender Automatik, lernfähiger Systeme noch immer den alten dämonenvertreibenden Lärm schlagen? Da muß man sich doch etwas Neues einfallen lassen. Vorerst lernt die Maschine von jedem Widerstand. Sie wird nur immer besser.«

Hier wollte nun Anders, der kleine Ästhetikprofessor aus Paderborn, doch gerne erfahren, welche kulturelle Hervorbringung im eigentlichen Sinne vom Zeitalter der Hochtechnologie – außerhalb ihrer selbst – noch zu erwarten sei. Aber darauf mochte der Techniker keine Antwort, keine Voraussage wagen. »Gedächtnis, vielleicht«, murmelte er dann aber doch, »Gedächtnis als Lebensform.«

Friedrich hatte nichts gefragt. Er wußte nicht, auf welche Seite unter den Überzeugten er sich schlagen sollte. Die meisten Fragen, die seine Kollegen gestellt hatten, schienen ihm auf keine Antwort als vielmehr auf eine automatische Bestätigung ihrer Vorbehalte zu warten. Diese Automatik mutete ihn nicht minder zweifelhaft an als die der Maschinen in der menschenlosen Fabrik. Er sah sich noch einmal in der Werkshalle um, in dieser Arena der Roboter, Dummys und Laserarme, und es erschloß sich ihm auf einmal ein Geschichtsraum von so gewaltiger Leere und Traurigkeit, daß jede eifernde Bekundung dagegen von vorneherein vergeblich und lächerlich erscheinen und daher auf das eigene Gemüt verengend und vergiftend wirken mußte. Er dachte aber auch: Seltsam, da wird nun ein Zeitalter gewechselt – aber wo bleiben eigentlich die großen Abschiedsstimmungen, die Melancholien der Epik, die den Untergang des Alten schmerzlich und doch erst erträglich gestalten, die süßen und bitteren Schauder vor einem endgültigen Nicht-Mehr?

Nun, so meinte er, was uns verloren geht, ist ja nicht der Gutshof, das aufgegebene Land, die Heimat, der gesellschaftliche Rang, die gute alte Zeit – wir selbst sind Kinder der Zerstörung, und in Zerstörung aufgewachsen, wurde sie zu unserem Erbe, das wir weitertrugen. Denn wo wäre sie wohl zu finden, die uns gehörige gute alte Zeit? Wo ist früher? Früher befand ich mich lediglich an einem anderen Ort der allgemeinen Auflösung. Vielleicht vermag der Untergang einer Aufklärung niemals zu rühren. Es muß wohl stets etwas Traditionsgebundenes sein, das dahingeht, es muß die Unschuld von etwas Rückständigem aufleuchten, um uns in eine Abschiedsstimmung zu versetzen. Und dies geschieht nicht, wenn sich wie gegenwärtig ein fortschrittliches Bewußtsein in eine fortschrittliche Naivität wandelt. Langerhaltene Sitten und Lebensformen müssen zerbrechen. Doch ging es etwa in unserer Jugend grundsätzlich anders zu als heute? Wir könnten aufrichtig niemals über eine gute Sitte klagen, die seitdem verlorenging. Wir können das uns Vergangene überhaupt nicht mit Sicherheit betrauern. Nicht aus Unfähigkeit, sondern aus Grundlosigkeit. Nein, das ist kein ›Stechlin‹-, kein ›Radetzkymarsch‹-Zeitraum, den wir jetzt verlassen, wenn die Stahlkocher-Ära in die CIM-Ära wechselt. Keine Wehmut wird diesen Schwellenschritt begleiten. Es scheint sogar, daß jenes Organ für früher und damals, welches gewöhnlich die Biographie eines Menschen ordnen hilft, bei uns ein seltsam zurückgebildetes, fast schon verkümmertes ist. Und doch weiß ich es nur zu genau und niemand als der Leser könnte es besser bezeugen: ohne dieses Organ, ohne die Erfahrung von alter Welt und ihrem Untergang wäre nie ein großer Roman geschrieben worden. Ohne Enden, als Roman, wäre der Mensch um einen lebensnötigen Trost gebracht. Alle großen Erhebungen des Herzens ereignen sich im geschauten Vergehen. Und nimmt man uns den Sinn fürs Vergehen, so versetzt man uns in eine immergrelle Komödie ohne Zeit und Raum.

Abends in der späten Dämmerung schritt er eine Kehre zur Vorstadt hinauf, als schon aus den Häusern der blaue, kalte Fernsehschimmer fiel und straßenlang bei gleichem Schnitt der Lichtwert wechselte. Er näherte sich einer Villa, zu deren Eingang ein doppelter Treppenaufgang führte. Er sah, wie die vom Flur erleuchtete Tür sich öffnete und eine Frau, ihm schien: ein Mädchen beinah noch, mit einem Brief in der Hand, den sie in halber Höhe vor sich hintrug, den linken Treppenflügel herabtrippelte, als würde der Brief, der in den Kasten wollte vor dem Haus, unter der Neonbogenleuchte, sie buchstäblich vorwärtsziehen. Sie warf ihn ein und wollte gleich ins Haus zurück. Da war sie ihm so nah, daß sie einander ansehen konnten. Mit dem Blick verzögerte sich ein wenig ihr Schritt, und der seine tat es auch. Er hatte keinen Zweifel, daß sie eine Herzenspost abgeschickt hatte, so wie sie die Treppe hinuntergeeilt war und den Brief schon auf die Reise vorgestreckt hatte. Jetzt aber stockte sie, und der Brief lag im dunklen Kasten, und er stockte auch. Sie standen einander für Sekunden still gegenüber, sie auf der halben Treppe, er unten auf dem Bürgersteig, wenige Meter vor dem Tor, das in den Vorgarten des alten Hauses führte.

Jetzt erkannte er auch ihr Gesicht, nachdem er sie bereits am Gang und an ihren Umrissen sicher ausgemacht hatte, sah ihre etwas dunkle Hautfärbung, die schmalen blaßroten Lippen, die auseinanderliegenden, dunkelbraunen Augen, die zierliche, etwas aufstehende Nase – hunderte oder unzählige Male, so sprach er für sich, sind wir uns begegnet, unzählige Male haben wir genau diesen

Blick getauscht und wagte ich nicht, dich anzusprechen. Runde um Runde, auf dem Schulhof, die Jungen in die eine Richtung, die Mädchen in die entgegengesetzte; sie untergehakt in Kette, wir lose und schlaksig nebeneinander. Die Frau, die da im Halbdunkel verharrte – verhoffte, wie man bei einem witternden Wild sagt, trug immer noch das gleiche glatte, rebschwarze Haar, an der Seite mit natürlichen Locken und in der gleichen Länge bis an die unteren Halswirbel und immer noch mit dem lichten Mittelscheitel... Die jüngere Schwester war sie eines ihm unsympathischen Klassenkameraden; sie galt für spröde oder schien sich nur für ›ältere Jahrgänge‹ zu interessieren. Sie war sehr hübsch, aber er hielt sie für unbedarft und etwas dümmlich, da sie seine Schulhofblicke offensichtlich nicht ernstnahm, sondern immer mit der gleichen eingebildeten »Warum schaust du mich so an?«-Miene entgegnete. Er brachte es eben nicht fertig, es ergab sich einfach nicht oder er verpaßte stets die Gelegenheit, ein einziges Wort an sie zu richten. So ist es im Grunde geblieben für alle spätere Zeit: nie hatte er diejenige angesprochen, die er tief genug angesehen hatte; er erwartete auf seinen sprechenden Blick ihr erstes Wort als Antwort. Runde um Runde, wie viele Male, kleine Pause, große Pause, letzte Pause vor der letzten Stunde. Wehe, sie hatte früher aus, drei Klassen unter ihm war sie, die Runde blieb leer oder er sah sie die Schultasche auf den Gepäckträger schnallen, sie hatte aus, er aber noch eine Stunde Physik, nur um zu dösen in dieser Mittagsfaulheit, ohne Hoffnung, sie später noch am Fahrradständer zu treffen.

Er hatte längst ihren Namen vergessen, offenbar wohnte sie jetzt in dieser ihm fremden Stadt, in der er sich zufällig für ein paar Tage aufhielt, und bald ein Vierteljahrhundert lag zwischen den Pausen der Schule und denen des Kongresses, den er jetzt besuchte. Und wenn er nicht sofort, als er ihren Schatten in der Tür bemerkt hatte, die Erinnerte gesehen hätte, so wäre ihm zweifellos aufgefallen, daß ihr Haar jetzt einer erwachsenen Frau in den Enddreißigern gehörte, ein wenig erschlafft, mit einer Äderung weißer Strähnen, und daß ihr Mund jetzt vom Gebrauch so oft wiederholter Worte, vom Druck so vieler gewöhnlicher Küsse etwas schwerer und blöder geworden war, als es ihm vor Augen stand.

Aber wir kannten uns nicht, wir hatten nie ein Wort miteinander gewechselt – wie hätten wir es jetzt tun sollen! Zum ersten Mal sahen sie sich nicht im Entgegenkommen, nicht in der verläßlichen Runde, sondern sie kamen fast im rechten Winkel aufeinander zu. Und ihr Weg war nicht wiederholbar. Er ging, etwas langsamer als vorher, die Straße weiter; sie nahm, unvergleichlich langsamer als auf dem Hinweg, die letzten Treppenstufen zur Haustür zurück. Er bemerkte aber, daß sie nicht gleich ins Haus trat, sondern vielmehr die halbe Stiege zur anderen Seite wieder hinunterschritt, um ihm in der Dämmerung nachzublicken. Sie nicht anders als er starrte in das Gedächtnis eines Gesichts, das den trägen und geschlossenen Kreis der stündlichen Wiedersehen nie verlassen hatte, den ungestörten Kreis der vergeblichen Erwartung, an den beide soeben eine späte Tangente gelegt hatten.

Er bildete sich selbstverständlich nicht ein, daß sie damals nur ihn angeblickt hätte. Sie mußte ja noch einige Jahre länger die Runden drehen, und ein anderer mochte ihr zweifellos entgegengekommen sein, vielleicht mit weniger sprechendem Blick, dafür aber mit den passenden, unbekümmerten Worten. Er hingegen konnte sich nicht entsinnen, in jenen großen und kleinen Pausen auf dem Hof jemals einer anderen entgegengesehen zu haben als ihr, und noch jetzt war es ihm unbegreiflich, weshalb diese kraftvolle Ausschließlichkeit niemals von selbst übergesprungen war in ein einziges Wort.

War *sie* es: Hermetia? Die unzählige Male Versäumte, die immer nur im Entgegenkommen Erblickte?

Später in der Nacht blieb er unter einem schwach erleuchteten Fenster stehen, aus dem Böen von Gelächter entwichen. Er hörte sogleich, daß es ein grundloses Lachen war, andauernd, nicht nachlassend, jedoch auch ohne Steigerung und Gipfel, beinahe monoton und, obgleich vielstimmig und durcheinanderbrechend, auf steife Weise unentwegt. Ja, sie lachten grundlos. Es war ihm, als kreise dieser schallende Wind in der Todesgrube allen Humors. Jedwedes lebendig Komische, das ihn noch hätte über die nächsten Pflasterplatten springen lassen, mußte vor diesem immerwährenden, durch nichts gestifteten, durch nichts abzustellenden Gelächter dahinsinken in grauer Entmutigung. Er dachte: Vielleicht übt dort oben ein Chor das Lachen, um es demnächst auf einer Bühne oder sonst einer öffentlichen Aufführung kunstgerecht darzubieten. Denn es war ganz undenkbar, daß ein zurückliegendes Ereignis – ein überlegen gescheiter Witz oder das einzigartige Versehen eines armen Menschen – eine derart nichtendenwollende, zeitlose, längst zum Schallgespenst verflüchtigte Belustigung ausgelöst haben konnte. Es war im übrigen nicht die Spur von Frohsinn oder Heiterkeit aus dieser lachenden Höhle zu vernehmen, auch nichts an sich selber Unersättliches, sondern viel eher der erbitterte Ernst eines Leistungslachens, das sich einem unmenschlichen Rekord näherte.

Er sah wieder den Pantomimen, der im Vestibül der Tagungsstätte aufgetaucht war und sich an die Fersen des Schauspielers geheftet hatte – oder war es ein weiterer, ein neuer, noch niemandem zugesellt? Er stand in seinem grauen Frack unter dem Portalbogen einer Einkaufspassage und machte die Honneurs für nächtlich unsichtbare Gäste. Auf seinem weißgeschminkten Gesicht war das versuchte Lächeln eines eben noch weinenden Kinds stehengeblieben. Er empfing in unzähligen Varianten des Grüßens die spurlosen Ankömmlinge, trat von einem Fuß auf den anderen und grüßte mal mit stotterndem Nicken, mal mit fallbeilartiger Beugung des Kopfs, mal mit schräger Wange lieblich, mal mit steifem Kreuz förmlich, dann mit aufruckendem Kinn jovial, mit Lidflattern vertraulich oder nur mit leichtem Anheben der Brauen beachtend – er grüßte unentwegt und vielverschieden, und hinter ihm verschwanden die Unsichtbaren in kahler Helligkeit.

Friedrich dachte zum ersten Mal daran, daß der Tod nicht mehr irgendwo bescheiden im Hintergrund stand, sondern an einer ganz bestimmten, gleichsam verabredeten Stelle auf ihn wartete, ganz allein auf ihn, ohne mit etwas anderem beschäftigt zu sein, als ihm entgegenzusehen. Es ist nicht genug gewesen! durchfuhr es ihn, es ist noch nicht genug! Und das, was war, die kleine, halbe Szenerie, kann ich sie nicht wenigstens noch ordnen, aufräumen, irgendeinen Zusammenhang herstellen, damit sie nicht so entsetzlich verwahrlost und zufällig aussieht? Er trat unter den Bogen der Schaufensterpassage und stieg die polierten Marmorstufen hinauf, geblendet von eisigen Weißbrennern, Halogenkeilen in und über den Auslagen, die den klirrenden Bruch mit der Nacht, die brutale Ausweidung der Finsternis erzwangen. Nicht ein Faden Wärme war in diesem glühenden Gas. Allein vorm Tag wiche es wohl scheu und ermattet zurück und konnte nur nachtschändend, mit der Folter des Auges, mit der Vergewaltigung der Lider seine Macht beweisen. Hinter den Scheiben stand gestaffelt ein Peloton von Fotoapparaten, aufgerichtete, todstarrende, metallische Blicke, die im Nu wie Stahlkugeln auf ihn niederprasseln könnten, Geschoßehagel auf seinen müden, abgekämpften Traum, eine Person zu sein – verwachsene Zyklopenbrut in polymerisierten Gehäusen…

»Da ich keinen Ort finde, wo nicht Licht ist und da es, auch wenn ich die Augen schließe, vor mir niemals dunkel wird, sondern immer leuchtstoffahl bleibt – was ist also das Licht meines Herzens noch, das Licht meiner Augen und meines Geistes? Eine flackernde Neonröhre, die nur Mücken anzieht!«

Es antwortete ihm aber eine wohlbekannte Stimme und sagte sanft: »Wenn du schlaflos bist, nimm die Gestalt des Vorhangs an, der über dem geöffneten Fenster weht. Und wenn du geblendet bist, mach die grellen Sprünge der Leuchtschrift zu deinem Puls. Und wenn dich noch etwas plagt, so bette dich in seinen Mittelpunkt.«

»Hermetia!« rief der Leser, ebenso beglückt wie kläglich, »führ mich in meine Dunkelheit zurück! Führ mich zurück in den Hintergrund, in dem ich nicht zu unterscheiden war... Hermetia! Wer riß die Lider von meinem Herzen? Wer hat mich hinaus auf die Bühne gestoßen? Ich kann nicht reden und nicht schweigen, nicht wachen, nicht schlafen. Ich kann nicht lieben und nicht fortgehen!«

»Wo ist das Standhafte in deinen Worten, außer daß sie sich wiederholen?«

Plötzlich sah er sie in der Spiegelung der Schaufensterscheibe: eine zierliche Figur in engem schwarzem Rock und weißer Bluse, eine Jacke leicht um die Schultern gehängt, so lehnte sie mit schönem Gewicht in einer offenen Tür. Er sagte: »Wenn es nicht ein Hinunterstieg ist Hand in Hand mit dir, dann ist all das Vorige nichts und gar nichts gewesen!« Und sie antwortete ihm: »Mein Freund! Allein bist du losgegangen, unklar und freudlos. Jetzt wollen wir gemeinsam sein. Komm nur! Laß uns gehen. Es ist alles bereitet. Wir brauchen nicht tief zu steigen und nicht von hoch oben zu blicken. Wir müssen nur die Dinge von einem anderen Anfang her sehen.« So sprach sie, und ihr Finger wies durch ihn hindurch, so daß alle verriegelten Kammern in ihm hätten aufspringen müssen und er leer gewesen wäre, frei von Schmerz und überall aufgeschlossen.

Doch sah er, daß ihre Hand auf den weißbehaarten Rükken eines alten Mannes sank und sah nun auch, wie ihr Mund sich über seinen mageren Schultern öffnete und wie ihre Zungenspitze langsam darauf zu kreisen begann. Sie hatte ihn eben vom Bad abgetrocknet und bereitete ihn jetzt mit zarter Geduld, wie er es erwartete, darauf vor, seine Freude an ihr zu finden. Der Leser sah es und schämte sich sehr.

»Warum schämst du dich so?« fragte Hermetia. »Sieh her. Sieh uns zu. Bestimmt findest du hier einen Weg, der dich zurück in die Dunkelheit bringt.«

»Nein! Ich mag es nicht sehen. Ich schließe die Augen. Deine Zunge hat mich betrogen. Sie ist genauso ein Stück heuchelndes Fleisch wie du selbst in deiner ganzen Gestalt. Auch deine Worte sind nur rohe Fleischklumpen.« Und er empfand, nur noch ein erbärmlicher Schatten aus Mangel, nur noch ein demütiger, erschütterter Leser zu sein und das Grabmal eines zu Tode Geflüsterten.

Im Treibschlaf des frühen Morgens stand er plötzlich, wo er als kleiner Junge gestanden hatte, am Küchenfenster zuhaus und blickte sehnsüchtig zu Paolo hinunter und seinen vielen Geschwistern, den Kindern des Eismachers aus den Dolomiten, die noch Roller fuhren unten im Hof, Fußbälle schossen und so viel länger aufbleiben durften als er selber. Die Fenster der Italiener standen offen, ihre Wohnung zu ebener Erde war dunkel, und es duftete süß von leicht angefaulten Bananen. Die älteren Brüder trugen die Eimer mit Schokoladenmasse und Früchtemark vor in den Laden, die Schwestern, die dort bedienten, saßen mit ihren Geldbeuteln unter der weißen Schürze und rauchten schnell eine Zigarette im Hof. Den Leser umfing dieser ferne, nie wieder betretene Ort, und er empfand einen Augenblick von unstillbarem und beinahe verzücktem Schmerz. Das war nicht wie Erinnerung, sondern eher ein Anfall, ein Akt des unwandelbaren Damals, wie ihn nur der Halbtraum offenbaren kann, in dessen gemischter Sphäre schärfer als je am Tag das Profil des Vermissens hervortritt und verschollene Zeit hochtreibt und ihren ganzen bittersüßen Illusionszauber entfaltet. Der Geruch von Bakelit im warmen Zimmer, ein Hauch von ›Taft‹ übers Haar, als es noch nicht schädlich war – jede Winzigkeit gestochen scharf und lupenrein bewahrt in der äußeren, dünnsten Hülle des Schlafs, dem webenden Nicht-Mehr und Nie-Wieder. Die Kapelle des Kurorchesters in einer Sommernacht, die schön gekleideten Eltern auf der Promenade, ah, die frühen Tage, die jetzt allen Vorwärtsdrang und das brennende Ungenügen der Frühe verloren hatten; absichtslos und stet und nur in sich zitternd lagen sie da wie das Laternenlicht auf dem nächtlichen Fluß.

Aber was *ist* es, zum Teufel? dachte Aminghaus, da und nie wieder, jetzt und unfaßlich vergangen. Was bedeutet dieser stille, belanglos-schöne Stern in der Morgendämmerung? Strahlt er nur, weil ein etwas ermüdeter, zur Hälfte schon gewesener Mensch der Berührung mit seinem leichten, hoffnungsvollen Beginn hin und wieder bedarf, um die Last der Verluste weitertragen zu können, ähnlich wie der Träumer sich in der Unordnung der Nacht erholt und sich zugleich trainiert, ertüchtigt für die künstliche Ordnung des nächsten Tags? Oder sind es nur Leuchtzeichen am Horizont des Vergehens selbst? Perlen auf dem grauen Samtgrund des Endens, ein Geschenk, ein Angebinde des Tods, der bald schon alles von dir fordern wird? Ach, du spürst es am ganzen Leib: die Frühe hat dich nie verlassen, und wie schön sie ist! Wie schön sie dir wurde! Allein hier, im Treibschlaf, *bist* du wieder der Junge, der im Hof Fangen spielt und hinter den anderen herrennt und spürst in denselben schwereren Gliedern ihre einstige Kleinheit und gelenkige Eile, das ganze Leichte, die unbändige Freude des Dahinrennens.

Da trat auf einmal der Techniker an seine Seite, der Mann mit den rötlichen Haarbüscheln auf Finger- und Handrücken. Nun war er mit schwarzer Lederjacke und Jeans bekleidet, als ginge er am Abend zweideutigen Vergnügungen nach. Aber er sprach wieder mit der Stimme des sanften Erklärers und sagte: »Deine Häuser sind alle noch da, deine Orte alle zuhanden lebendig. Du stehst mit einem Fuß jenseits der Zerstörung von Lebenszeit.« Und er wies mit seinem Blick auf eine unermeßlich weite gläserne Halle, die jetzt vor Friedrich aufgetürmt erschien. Eine blinkende Leuchtschrift stand über dem Eingang im Halbkranz wie eine Zirkusreklame: TOTUM SIMUL. Alles zumal… »Die Halle«, begann nun der Techniker, »das außenproduzierende Gedächtnis wird der Ort oder das Gehäuse des nachtechnischen Menschen sein. Der entlastete Zeitbesitzer wird, statt seine Strecke zu ›leben‹, in einem gelebten Gedächtnis verweilen. Und zweifellos wird es ein Megagedächtnis sein. Wenn die Epochen nicht mehr sterben und einander nicht mehr ablösen können, weil die eine große und unverdrängbare Kultur den ganzen Erdkreis umgibt, dann wird die Zeit für die Menschen wieder langsamer und tiefer werden. Sie werden in ihrer kurzen Lebensspanne nicht mehr so viele Veränderungen hinnehmen müssen und auch weniger Verluste empfinden. Es wird sich im Gegenteil eine Stasis-Erfahrung ausbreiten, ein Gefühl der Ständigkeit, im Einklang mit einer hypertechnischen Sphäre, welche im wesentlichen nur die Aufrechterhaltung ihrer selbst produziert. Sie wird (und mit ihr der Globus selbst) die Gestalt des Gehirns annehmen und eine kortexartige Autonomie besitzen. Das letzte Ziel aller Technik ist Stasis: das vollkommen mit dem Menschen ausgeglichene Werk des Menschen.«

»Das wäre demnach das machbare Ende der Geschichte?« fragte der Leser.

»Nun, das wäre vielleicht der machbare *Schluß*«, verbesserte der Techniker.

»Und zugleich der vom Paradies am weitesten entfernte Ort!« ergänzte Friedrich.

»Wir sprechen nicht von Utopien. Wir reden vom Schluß, im Gegensatz zum Ende der Theologen oder Philosophen. Schluß deutet hin auf die Rückbindung aller Vorgänge. Der Reigen des Lebendigen, im kleinsten wie im großen, geht immer wieder durch das Feuer des Anfangs. Wo etwas zur Rückbindung findet, hört der pfeilförmige Fortschritt auf. Die Zeit wird Auge. Der Techniker wird der Meister der Ruhe sein.«

»Aber die Halle«, rief Aminghaus, »das Alleszugleich ist nichts anderes als das verlorene Bewußtsein von der verlorenen Zeit! Das Schema des Vergehens vergangen! Das Reich der Toten durchlässig. Brüderlichkeit zwischen Mensch, Gerippe und Gerüst, Gewesenheit und Gegenwart. Wie sollte es Erinnerung noch geben, wenn das Vergehen besiegt ist?«

»Warum nicht? Weshalb sollte nicht genauso die unendliche Melodie des Lebens verführen wie die vergängliche? Sentimentalität und Vergangenheitsverklärung, gehören sie nicht gleichsam in die Stahlkocherära des Gedächtnisses? Sentimental sind die Menschen keineswegs zu allen Zeiten gewesen. Der gläubige Mensch war nicht sentimental, und der spättechnische wird es vermutlich ebensowenig sein. Denn er, der Gedächtnisarbeiter in einem Megagedächtnis, wird mit Toten und Verlorenen reden, ohne die Begegnung mit ihnen als Wahn zu empfinden.«

»Aber die Illusion, Techniker, die Illusion!« rief Friedrich ein weiteres Mal aus, »jene gänzlich unergründliche, fast kreatürliche Illusion, die die Erinnerung uns bereitet, wenn sie uns das Gewesene in kostbare Unschuld taucht. Dies Täuschung produzierende Enzym, das jeder gesunde Geist benötigt, damit ihm niemals irgendein Ereignis aus vergangenen Tagen als das erscheint, was es wirklich war, sondern stets als Teil einer kleinen sagenhaften Frühzeit, eines eigenen bescheidenen illo tempore. Jede sehnsüchtige Erinnerung beginnt mit einem ›*Ich* war einmal‹..., nämlich in einem reicheren Stande der Hoffnung und der Zukunft, ja, all dies lag noch vor mir! Und wie naiv war ich damals trotz, inmitten des höchsten Bewußtseins, wie unbewußt jedoch, verglichen mit dem, der sich jetzt daran erinnert. Ja, wir werden in der Erinnerung uns einer Unschuld *bewußt*, die wir nie besaßen. Wir wollen durchaus nicht zurück, nichts Einmaliges wiederholen, wir wollen in Wahrheit nur dies Bewußtsein der Unschuld spüren, künstlich erzeugen, auskosten und uns daran erfrischen!

Nein, unser Leben wird nirgends von Kreiszeit berührt. Man kann es drehen und anschauen wie man will; man kann dagegen andenken, mit Ideen spielen, gewaltige Troste konstruieren, Ausgleichsverfahren des Glaubens oder der Abstraktion – aber Lebenszeit bleibt doch Abschiedszeit. Vergeht dem Pfeile nach. Und alle Wiederkehren sind Gesichte und Gespinste, die aus der Erschöpfung, der Enttäuschung, der Unfaßlichkeit des einen todbringenden Langlaufs hervorgehen.

Deshalb, ihr da in Platons Fabrik, laßt uns noch einmal die Konstruktionen, die Beweise auflösen! Laßt uns die Chance nutzen, eine unermeßliche und untröstliche Unregelmäßigkeit zu entdecken. Und – um der Schönheit, zuletzt auch: um einer feineren, traumhafteren Ordnung willen: laßt uns alles noch einmal durcheinanderbringen! Unschuldig ist der erste, der zweite und jeder weitere Blick. Bewußtsein selbst ist ein naives Organ. Die Welt ist nicht entzauberbar. Schneller als jedes Wissen erneuert sich das Unbedachte, es ist unerschöpflich. Was heute für höchstes und reinstes Durchschauen gilt, wirkt morgen schon rührend oder als Torheit gar. Und all das beste Wissen unserer Tage, wer ahnt, ob es nicht bald schon wie ein verhängnisvolles Dösen erscheint, so daß

Künftige sich kopfschüttelnd fragen werden: wie konnten sie dies versäumen und das übersehen?«

Am Rande einer Tagung – man trifft sich, man geht aneinander vorbei, durch die Reihen geht ein Grüßen und ein Grüßenlassen. Manches verdichtet sich, manches deutet sich an, steigt bis kurz vor den Eklat und verläuft sich wieder. Das Gesprengsel der Verständigten liegt wie ein Sternbild in der Finsternis der unwissenden Mitwelt.

»Wann halten Sie Ihren Vortrag? Worüber werden Sie sprechen? Hat man Ihnen den Koreferenten erspart? Waren Sie bei Duncker? Ich habe selten etwas Anstrengenderes gehört. Auf meinem Gebiet strebt man nach Klarheit, auf dem Ihren offenbar nach größtmöglicher Undeutlichkeit? Sie sind doch –?« – »Ja. Ich bin der Leser.« – »Was soll das Ganze? Befinden wir uns nicht auf einer höchst überflüssigen Veranstaltung?« – »Nein. Ich bin ganz zufrieden mit dem Kongreß.« Er war schreckhaft immer für das Rechte. Obgleich er längst nicht mehr daran dachte, seinen Vortrag zu halten und mit seinem überklebten Platz auf dem Programm durchaus einverstanden war.

»Früher las ich die dicken Romane. Heute ziehe ich die Inhaltsangaben in den TV-Programmen vor, die die Lösung nicht verraten. Das Kurzgefaßte an sich!« Den Frühstücksraum beherrschte die Stimme der schönen Dietlinde, Aphorismen-Stanze; krachledern geistreich, mußte sie über ihre eigenen Treffer prusten vor Lachen, so daß ihr der Schleim aus der Nase stob. »Der deutsche Angstmensch fürchtet sich vorm fin de millénaire, der nouveau décadent freut sich auf sein fin de siècle.« Sie zuckte wie die Pythia und erbebte unter Witzschaudern.

»Das Sein schießt auf alles, was sich bewegt.« Friedrich fragte sich, welche Geistesaustreibung man an ihr mit welchen Mitteln vornehmen müßte. Doch nichts würde sie beruhigen können, sie stand unter Einfluß, sie redete mit Zungen eines zungenfertigen Geistes, und sie redete weiter, obgleich dieser Geist längst leerlief, wie das Rad eines in voller Fahrt gestürzten Wagens, ohne Weg und ohne Grund. Sie kannte wahrhaftig keine *Bedenkzeit.* »Wo soviel Rettendes wächst, ist die Gefahr, daß es sich um Unkraut handelt, groß.«

Friedrich dachte: Warum sind wir hier? Warum müssen wir diese Reden führen? Warum können wir nicht die Zeit verschlafen und dies Gedränge still versäumen?

Es gibt keinen Ort, keinen festen Raum, keine Hülle mehr. Wo sind wir? Wir ziehen einer durch den anderen hindurch, sind einer des anderen Sieb.

Poren sind Siebe, hörte er plötzlich Hermetia sagen. Ganz ruhig sprach sie zu ihm aus dem Auge des Redewirbels.

Ich habe mich an Namen versucht, als ich schlief.

Ich bin der gezurrte Knoten am Seil und ich bin die Fliege, die auf dem Knoten sitzt.

Sieh: ich bin die Wimpernmahd vom Mond.

»Es ergab sich«, sagte jemand, »daß ich bei strömendem Regen vor dem Kongreßgebäude ein Taxi anhielt und ausgerechnet Günther Tauschgeber zu mir in den Wagen sprang, da er zufällig mitbekommen hatte, daß wir ins selbe Hotel mußten. Tauschgeber war einer meiner infamsten Widersacher in der Taraché-Debatte gewesen und hatte mich mehrmals öffentlich angegriffen. Er kannte mich vom Ansehen nicht, aber ich ihn. Er war sehr arrogant und wechselte mit mir, den er für einen belanglosen Fremden hielt, nicht ein einziges Wort. Er sah seitwärts hinaus auf die vergnete Fahrbahn. Ich dachte nur daran, wie ich ihn schlagen könnte, körperlich mißhandeln, jetzt hier, ganz überraschend im Fond des Taxis. Es würde nicht leicht sein, aus dem abgewandten, steifen Nebeneinandersitzen heraus, sich über ihn herzumachen und kräftig genug zu treffen.

Mit beiden Händen ihn am Hals zu packen, jetzt, wo er nicht darauf gefaßt war, die Gurgel zu zerdrücken, den Kopf mit der Schläfe gegen den Türrahmen zu schleudern. Nein, man würde ihm doch gern von vorn ins Gesicht schlagen, wie es sich gehört. Aber ich hatte nicht Platz genug, um mit dem Arm weit genug auszuholen...«

Panphasie
enge Wände, tausend Deute
übermaltes, – maltes Mal

Am dritten Tag sollte ihn Ria schließlich doch noch erkennen. Sie hatte während einer Diskussion hinter ihm gesessen, sich gelangweilt und eine gute Stunde auf seinen Nakken gestarrt. Beim Rausgehen berührte sie leicht seinen Ärmel, beugte sich vor und suchte mit geneigtem Kopf neugierig sein Gesicht: »Friedrich Aminghaus... seit wann trifft man dich auf Kongressen? Was treibst du hier? Forschst du immer noch über den Zufall? Du hast dich doch damals leidenschaftlich mit der Zufallsforschung beschäftigt. Ich weiß noch genau, wir waren in Amsterdam und ganz Amsterdam mußte abgeklappert werden nach Antiquariaten, weil du irgendeine obskure Erstausgabe suchtest, was war es gleich?«

»Wilhelm von Scholz...«

»Wir fanden es nicht, und ich erinnere mich an deinen schmeichelhaften Vorwurf, daß ich dir eben kein Glück brächte und wir uns leider wieder trennen müßten. Das war so kindisch und doch so ernst gemeint, daß ich damals vollkommen schockiert war. Ich habe aber nicht so schnell aufgegeben, wenn du dich erinnerst. Es wurden dann doch noch ein paar schöne Monate in Köln. Oder hattest du etwa mehr Glück, als ich wieder fort war?«

»Nein.«

»Siehst du. Ich glaube, ich muß mich jetzt noch ein Stündchen im Hotel ausruhen. Mein Mann und ich sind heute abend bei Tauschgeber. Das wird vermutlich etwas anstrengend. Wenn du willst, können wir dieser Tage irgendwann zusammen essen.«

»Ja, gern. Wir sehen uns noch.«

»Bestimmt. Hab einen guten Tag.«

»Danke. Du auch.«

In einer Gruppe aussichtslos nachdenkender Männer, die in einem Raum umherging, wagte einer den Kopf zu heben und einen Vorschlag zu machen. Wie zitternd ging es aus ihm hervor! Angst vor möglicher Zurückweisung, Vorgefühl, Vorgeström des erlösenden Durchbruchs, und Kraft und letzte Unbedenklichkeit, es offen auszusprechen. Zunächst weder Mucken noch Rühren bei den anderen. Keine Reaktion. Es erfolgte nichts. Die Männer gingen, als übergingen sie taktvoll eine geistige Entblößung. Da nahm plötzlich der erste und nachdenklichste unter ihnen, an dem sie alle hingen, den Faden auf. Und nun, beinahe unterwürfig und zugleich in einem Höhenflug, von Bestätigung wie berauscht, setzte der Vorschlaggeber nach, erläuterte und begründete, spitzte, knüpfte und bohrte, jubelte Argumente. Alles flog ihm zu – und flog ihm wieder weg: der Vorschlag erstickte im Höhenflug, überzeugte schließlich niemanden und wurde einmütig verworfen. Die Gruppe ging weiter aussichtslos nachdenkend umher.

Friedrich wurde Zeuge, wie der raumgreifende Geist und radikale Exeget Nigel C. den kleinen, unruhigen Professor Anders, Paderborn, deutlich von sich schob... Mit ihm, dem kleinen Juden, der nippend von Mensch zu Mensch hüpfte, scharwenzelte und überall gleich befreundet tat, weil er ein wenig feig war und von den Mächtigen unwiderstehlich angezogen wurde wie vom Magnet die Eisenspäne, mit ihm leistete sich der Magier der Wissenschaft, der betrunkene Augur seinen jovialen Spott! Nigel streckte bei der Begrüßung die Hand gegen Anders' Brust und hielt ihn auf Abstand, damit er nur ja nicht das Wort an einen jungen Menschen richtete, mit dem er gerade bedeutsam schwieg, und dieser etwa vom Leichtsinn und der Nervosität des kleinen Streifzüglers angesteckt würde. Sogar die Gehilfin des Meisters, verdruckstes krummes Weiblein, erlaubte sich, von erhobener Warte mitzufrotzeln, kicherte mit rauchvollem, bierschaumvollem Mund. Ja, diese Größen können es sich leisten, den Mitmenschen nicht ernst zu nehmen. Rauner, Visionäre, Handlanger irgendeines Dunkel-Absoluten, dem sie sich lallend zur Verfügung stellen, das sind diese Wissenschaftler. Und der kleine Jude nahm es hin, wenn's ihn auch durchzuckte und er verquer verstummte. Aber er konnte nun einmal von solchen Größen nicht lassen, und selbst wenn der König kränkte, so hatte er doch die begnadete Hand – die Hand, die ihn zurückhielt: selbst die abwehrende Gebärde heilte. Oder adelte zumindest. Nervosität ist etwas, das die Manaherren hassen, wie man läufige Straßenköter haßt. Diese Tyrannen des Schweigens und des ungefähren Redebrockens, den sie hin und wieder auswerfen. Menschenbeachtung: nein. Das ist zu wenig. Horchen in das All der Texte: ja. Und langsam mit den Jahren etwas komisch werden, vom Himmel amüsiert. Im Zweifel über Fußball sprechen, wenn der andere allzu ungebührlich das Metier berührt. Und doch befand Friedrich, daß solch ein Auramensch dem Wesen eines Proust, über den er soviel schrieb, nicht ferner sein könnte, weil Proust zu jenen anderen gehörte, den kleinen Schnüfflern, kleinen Juden, den Immerdabeis, Bienen, die ihr halbes Leben lang sammeln, und den Rest des Lebens brauchen, um zu ordnen und zu formen. Während er, der Textgewaltige, am Ende nur der Gebieter über tausend Fußnoten sein würde, und irgendwann erweist es sich, war dieser ganze magische Verein doch nur ein sehr zeitbedingter Kreis.

Der kleine Professor Anders verfaßte seine Bücher und Schriften ohne Atemholen, brachte sie zum Opfer einem übermächtigen, unversöhnten Leser, dessen Grollen er von ferne hörte, und dann mußte er schreiben, schreiben:

schnell, hochgegriffen, viel. Der Riesenleser, der Schrift – Oger hauste in einem alten verfallenen Flugzeughangar, der mit Büchern und Schriften bis oben zugestopft war. Niemand hatte ihn je gesehen, alle mußten draußen bei Nacht ihre Schriften ablegen, aber hinter den Bücherbergen wohnte er, und man hörte ihn schnaufen beim Lesen.

Zu jener Zeit, da das eigene Wissen sie das Fürchten lehrte, mußten die Menschen immerzu an die Riesen denken. Nur daß die Riesen kommen, ist gewiß!

Es ist immer jemand da, der von draußen hereinkommt. Draußen pocht es, poltert oder lärmt. Wer mag es sein? Drinnen ist Ruhe, entspanntes Spiel, Bad und Sport. Der schöne Knabe sitzt mit seinen Kameraden auf den Treppenrängen. Dann steht er auf und tritt vor den fragenden Fremden und läßt nicht ab, ihm zuzuhören. Der Erkunder sitzt auf einem erhöhten Marmorsockel und vor ihm still, leicht, geduldig antwortet der Junge, das zum Jüngling reifende Kind aus gutem Haus. Nur noch Reste von Verspieltheit und anmutiger Unruhe. Er zupft an seinem Gewandsaum, dem gefältelten Rockhemd. Er sieht beim Mitdenken zuweilen gehorsam-verloren beiseite oder sucht seine Antwort mit einer raschen Kopfbewegung irgendwo in der Luft. Legt die Stirn ernstlich, sehr ernstlich in Falten, als fände er doch den ganzen Ernst selbst höchst fragwürdig. Er legt manchmal den Finger an die untere Nasenscheide. Und wie der Mann den Jungen befragt, gelingt es ihm, daß er nicht gleich davonläuft oder unwillig antwortet, sich ziert oder schämt, sondern daß ihn die Fragen unterhalten und er begierig wird, mitzukommen, heller wird und sichtbar vergnügt.

Und es ist jemand, der draußen bleibt, vor das Haus getreten, und drinnen ist Lärm, Musik und Gespräch. Oder nur ein Scharren und das Vorbeihuschen einer

Frauengestalt hinter der offenen Tür, ein Telefonläuten, der Aufschein einer Lampe.

Wer ist draußen, wer ist drinnen? Wo findet Handlung statt, wo Warten?

– Und was geschieht am Ende von allem? fragt der Mann.

Und der Junge antwortet: Da geschieht etwas Großes. Der Wolf verschlingt nämlich die Sonne.

– Was passiert noch?

Der Junge: Na ja. Und dann kommen die Riesen.

– Und? Leben dann noch irgendwelche Götter? Gibt es noch irgend etwas von Erde und Himmel?

Der Junge: Es heißt, die Erde steigt wieder aus dem Meer empor und ist grün und schön.

– Wie das?

Der Junge: Also sie kommen irgendwie alle wieder zusammen. Man erinnert sich eben. Sie finden im Gras die goldenen Tafeln, die einst die Asen benutzten.

– Wie kann das sein, wenn doch alles untergegangen ist?

Der Junge: Nicht ganz. Die Sonne hat nämlich eine Tochter. Die entsteht, kurz bevor Fenrir die Mutter frißt. Und die Tochter reitet weiter auf derselben Bahn.

– Und das ist alles?

Der Junge: Ja. Das ist vorläufig alles. Mehr weiß niemand vom Schicksal der Welt.

– Mehr ist nicht rauszukriegen? Wie?

Der Junge: Nein. Da ist gar nichts zu machen. Nur daß die Riesen kommen, ist gewiß.

– Es geht also wieder von vorne los?

Der Junge: Es heißt aber, die Riesen fürchten uns Menschen mehr als die Asen. Zwei Riesen treffen auf einen gewöhnlichen Menschen. Da fragt der eine: was ist das für ein Erdenwurm? Darauf antwortet der andere: Die Erdwürmer werden uns noch auffressen.

Es gibt keinen lesenden Wind. Wind blättert im offenen Buch vor und zurück. Daher versteht meine Seele die Zeit nicht.

Hermetia sah nun, daß sie nicht länger im Verborgenen wirken mußte und verschiedene Gestalt annehmen und die Sphären der Anlockung noch öfter wechseln. Friedrich, der Leser, war ihr, ohne es selbst recht zu bemerken, schon weit in den Hintergrund gefolgt. Es gelang ihm inzwischen nicht mehr, irgend etwas für entzauberbar zu halten. Er hatte die Erklärer erklären gehört, die Deuter wispern und zischeln. Sie alle nahmen sich eines bestmöglichen Wissens an. Aber je länger er sich unter ihnen bewegte, um so mehr glaubte er der unerforschlichen Spur der Unreife zu folgen, die auch den männlichsten, ernstesten Geist durchzieht und durch Jahrhunderte rühmlicher Gewißheiten schon fortwirkte, jene Unreife nämlich, die man auch die *absolute* Jugend des Menschengeistes nennen könnte, da sie weder mit der Zeit noch mit fortschreitender Erfahrenheit etwa abnahm, sondern sich mit jedem gewichtigen Erkenntnisakt erneuerte. Es war ihm daher, als würde sich all das kraftvoll Befundene, glatt Bewiesene und glücklich Erforschte schon in naher Zukunft wieder zu neuen müßigen Möglichkeiten zersetzen und in den ewigen Spielgrund der Unschlüssigkeit einkehren, in welchem das gesamte Vertragswerk des Menschen, einschließlich seines Pakts mit dem Teufel, auf einer lediglich losen, halbherzigen, einer ewig unverbindlichen Verabredung beruhte.

Am Abend also würde er endlich Hermetia treffen und nichts mehr würde an einem seidenen Faden hängen. Die Tage und Neuerungen würden von allein wie Wolken verschweben und sich im Purpur der Dämmerung zu langen Ufern auflösen. Irgend etwas würde sich nun zwischen ihnen ereignen und zweifellos würde dies im Hintergrund und wie auf einer Bühne geschehen, denn wenn sich etwas ereignet, dann ist es nur auf Theatergerüsten erkennbar, nur in gebührendem Abstand und unter einem szenischen Leuchten, das wie ein Polarlicht über das nördliche Steppenbraun unserer Erwartung fegt.

II

*Die Szene ist im Studierzimmer und angrenzenden Salon des Professor ›*TITHONOS*‹ (eigentlich:* ALBIN SCHERRER*), eines emeritierten Ozeanologen und passionierten Autographensammlers. Die weitläufige Altbauwohnung im vierten Stock geht mit ihren stillen Räumen und dem Balkon auf den begrünten Innenhof, dessen gefliester Umgang von jungen Kastanienbäumen und Jasminbüschen gesäumt ist.*

Ein etwas staffiertes, doch nicht überladenes Interieur. An den Wänden wechseln Bücherregale mit Glasschränken, in denen Erinnerungsstücke von Forschungsreisen, exotische Kunstgegenstände, Masken und Votivfiguren oder aber wertvolle Manuskripte und Inkunabeln aufbewahrt sind. Im Hintergrund ein geschlossener Flügel, auf dem eine gerahmte Schwarz-Weiß-Fotografie der vatikanischen Euterpe steht.

Im vorderen Salon sitzen in halber Runde um einen niedrigen Glastisch mit orientalisch verzierten Kanten und Füßen: FRIEDRICH AMINGHAUS, *der Leser. Ihm gegenüber, um den länglichen Abstand des Tischs von ihm entfernt:* HERMETIA, *die junge Frau des Professors. Neben und gewissermaßen zwischen den beiden:* CZECH, *Freund und langjähriger Mitarbeiter des ›Tithonos‹, ein älterer, doch nicht greisenhafter Mann mit niedriger gerunzelter Stirn, geröteten Augenlidern und aschfahlen Wangen. Es ist eine warme Nacht im Herbst – und zweifellos handelt es sich um die Nacht jenes selben 16. September, an dem Friedrich ursprünglich seinen Vortrag auf dem BEDENKZEIT-Kongreß hätte halten sollen. Durch die offene Balkontür schallen bisweilen die Schritte des Professors herauf, der unten im Hof seine Runden dreht. Aus dem offenen*

Fenster einer Parterrewohnung dringen die herzlosen Synchronstimmen des ewigen Fernsehfilms, vor dem der CONCIERGE *sitzt und Kreuzworträtsel löst.*

HERMETIA *die, hingelehnt in ihren breiten Sessel, vom Buch aufblickt und unruhig mit der Fußspitze unter den Teppichsaum stößt*
Was macht er? Wie lange soll es noch dauern? Die ganze Nacht wandert er im Hof herum. Der alte Mann!

CZECH Bitte: nicht der ›alte Mann‹! Es ist *dein* Mann.

HERMETIA Was glaubst du? Wird er mich freigeben? Wie wird er sich entscheiden?

CZECH Ich weiß es nicht.

HERMETIA Du kennst ihn so viel länger und besser als ich. Er muß doch endlich ein Einsehen haben.

CZECH Da liegt ihr euch in den Augen, und es wird immer schwerer, euch voneinander getrennt zu halten. Und dort unten geht mein ältester Freund. Wer bin ich? Ein Vermittler? Ein Aufhalter? Was soll ich noch vermitteln, was noch aufhalten?

HERMETIA Er kann doch nicht ewig seine Runden drehen!

CZECH Er, er! Wie fremd du von ihm sprichst! Bis vor kurzem noch, bis zum Eintritt dieses glücklichen jungen Manns war er dein, dein.

HERMETIA *springt auf.* Ich will sehen, ob er schon schlurft oder stöhnt oder murmelt.

HERMETIA *geht mit ihrem aufgeklappten Buch in der Hand zum Balkon, lehnt sich über die Brüstung.*

CZECH Wie sind Sie eigentlich hereingekommen in diese verschlossene Welt?

FRIEDRICH Ich hatte dem Alten seine kostbare Ausgabe von Kammerers ›Gesetz der Serie‹ auszuhändigen, die sich noch in der Bibliothek meines verstorbenen Vaters befand. Er ließ darum nachsuchen, kurz bevor ich hierher reiste, um an dem Kongreß teilzunehmen.

CZECH Der Alte, sagen Sie. Er war nicht gar so alt, nicht

bevor Sie über die Schwelle traten. Es war eine Blütezeit in diesem Haus, ein Zauber, in dem der großartige Mann und das frohe Mädchen lebten. Ich habe es mit eigenen Augen anschauen dürfen. Jetzt ist alles zu Staub zerfallen, und Sie können es sich nicht mehr vorstellen.

FRIEDRICH Wir haben keine Macht über den Augenblick.

HERMETIAS *leiser Aufschrei vom Balkon. Sie tritt zurück ins Zimmer.*

HERMETIA Das Buch! Mir ist das Buch in den Hof hinuntergefallen!

FRIEDRICH Wie schön! Wie lieb!

CZECH Und er? Was tat er?

HERMETIA Er hat es aufgehoben und in seine Tasche gesteckt. Jetzt weiß ich nicht mehr, auf welcher Seite ich war.

CZECH Setz dich nur wieder, mein Stern. Du wirst Zeit genug haben, das Buch noch einmal von vorn zu lesen.

HERMETIA Glaubst du, er hätte ein einziges Mal nach oben geblickt? Er dreht seine Runden, er steckt das Buch in die Tasche, er wird sich nie entscheiden.

FRIEDRICH Meine schönste, süße Gewalt! Laß uns nur nicht den Mut verlieren. Es kann nicht länger dauern als diese Nacht. Wir werden... Was ist? Was hast du?... Seien Sie doch gnädig: ich muß zu ihr. Ich muß sie beruhigen!

CZECH Sie werden sich gedulden, Aminghaus.

FRIEDRICH Aber sehen Sie nur: ihre Hände... sie ist ganz außer sich!

HERMETIA Mein Buch ist fort, mein Buch... *zu* CZECH Holst du mir mein Buch wieder, guter, lieber Freund?

CZECH Er wird es dir selber zurückgeben wollen.

HERMETIA Du bist herzlos und kalt! Du nimmst seine Partei!

CZECH Ihm tut ihr am meisten weh!

FRIEDRICH *erregt* Ihm tun *wir* am meisten weh?! Sie auch – Sie uns auch!

Czech Ich bin verpflichtet, ich bin verurteilt, auf meinem Platz auszuharren, bis er zurückkommt. Das kann nicht ohne innere Kämpfe und Ungerechtigkeiten abgehen...

Hermetia Erzähl, Friedrich, erzähl etwas! Du siehst, der Alte legt es darauf an, uns mit seiner langen Bedenkzeit zu zermürben und lustlos zu machen. Ich bitte euch: laßt mich hier nicht, wie von der Gabel des Inkubus angestochen, in meiner Hitze vertrocknen! Entweder es gelingt uns, einander mit freimütigen Geschichten hinzuhalten und damit unser Verlangen, unsere Anziehungskräfte derart zu steigern, daß ihre Beherrschung einen zusätzlichen Lustzins abwirft... oder aber es passiert sofort und auf der Stelle etwas wider alle Regeln und Verabredungen vollkommen Kopfloses!

Die beiden Männer, der ältere wie der jüngere, wurden nun Zeugen, wie Hermetia, als erlitte sie den Verlust ihres Buchs wie den Entzug eines Rauschmittels, am ganzen Leib zu frösteln begann, sich mit beiden Armen selbst umklammerte, und sie sahen auch, wie ein kalter fiebriger Glanz in die graphitfarbenen Augen trat, so daß ihr sinnenfrohes Gesicht für diesen Moment einen elenden, fast abgefeimten Ausdruck annahm. Zumal Friedrich erkannte sofort, daß der Zustand der ersehnten Frau, der er sich bis jetzt zwar wiederholt erklärt, jedoch nie weiter als bis in ein festes Händeverschließen hinein genähert hatte, besorgniserregend war und daß sie der unverzüglichen Hilfe und Zuwendung bedurfte. So begann er denn ohne Einleitung und Umschweife eine notdürftige Geschichte zu erzählen, die ihn aus dem Halbdunkel der letzten Kongreßtage anflog und die er nun für Hermetia ein wenig ausformte, halb erfand und halb berichtete.

»Ein Mittagsgast – ein Mann von mittlerem Alter und kritischer Gesundheit, der zu einer Tagung in eine fremde Stadt gekommen war, saß vor einem kleinen Restaurant und wartete bei einem Glas Sprudel auf seine weitere Bedienung. Nur wenige Tische und Stühle standen im Freien, auf einem verkehrsstillen, lichthofartigen Platz, den eine Kulisse von Hochhäusern, Bankzentralen und Versicherungen dicht umschloß. Er betrachtete eine vermummte Gestalt, die fleißig unter einem hohen Portal an einem vergoldeten Geländer putzte und wedelte. Sie trug einen Parker, die Kapuze über dem Kopf, darunter eine Art Jogginganzug ebenfalls mit Kapuze, die tief in die Stirn gezogen war.

›Seid Ihr nicht der Schwanendreher?‹ So hatte er ihn anfangs fragen wollen. Das alte Lied fiel ihm ein, die Musik von Hindemith. Nur Kranke oder Halbirre gehen mitten im Sommer so dick verhüllt, dachte er.

›Bist du nicht der Geländerputzer?‹

Es war sehr heiß, und obwohl er im Schatten saß, rann dem Gast der Schweiß in die Kleider. Der Wirt kam heraus, wischte die Menutafel aus, schrieb ein neues darauf und setzte den Preis herunter.

›Ich bin so lange stumm gewesen. Warum gehe ich nicht zum Geländerputzer und frage ihn etwas?‹ Der Gast zitterte sehr, als er aufstand, das Fieber hatte ihn geschwächt, er mußte sich an der Stuhllehne festhalten, denn für einen Augenblick wurde ihm schwarz vor Augen.

Der Vermummte gab ihm ganz vernünftig Antwort, ein wenig grinsend zwar, so daß seine verfaulten Zähne sichtbar wurden und die Lücken im Gebiß, aber ein Unansprechbarer war er nicht. Er sagte: ›Das Geländer reicht sehr weit hinauf. Sie können sein Ende nicht sehen, und ich bin länger, als ein Menschenleben dauert, damit beschäftigt, es zu putzen.‹

›Es ist ein sehr hohes Geländer. Vergoldet oder besser gesagt: mit Messing beschlagen...‹

›Ja, es ist ein hohes Geländer und um es weiter hinauf zu putzen, brauche ich bald eine große Leiter.‹

›Aber wer könnte sich an ihm festhalten? Und wo ist die Treppe, die doch in der Mitte zwischen beiden Geländern hinunterführen müßte?‹

›Sie brauchen keine Stiege, um herunterzukommen. Sie werden ihre eigene Bahn benutzen.‹

›Wer? Wer kommt herunter?‹

›Die Riesen. Hier wird ihr letzter Griff am Geländer sein, bevor sie auf die Erde treten und mit ihrem Gewicht den Boden krümmen.‹

Der Mann ging zurück an seinen Tisch, setzte sich und trank vom Wasser. Der Wirt kam heraus, wischte wieder das Menu von der Tafel, schrieb ein neues darauf und setzte den Preis abermals herunter.

Der Gast dachte: ›Es wird meine Krankheit und meine Müdheit sein, die mich in dieses Stadtviertel versetzt haben und mich dies Undeutliche sehen lassen. In meinem Innersten, das gesund ist und noch nicht von der Krankheit zerfressen, glaube ich nicht an das, was ich sehe. Es mag aber auch sein, daß an dieser zentralen und doch zugleich abgelegensten Stelle der Stadt die Wirklichkeit selber wie eine Mischbox verfährt und nach Gutdünken einzelne ihrer Bestandteile ausspart, andere künstlich zusetzt, um auf diese Weise einen vielfach unsicheren Bezirk herzustellen, in dem keine herkömmliche Orientierung mehr möglich ist. Und wenn es nicht das völlig Unbekannte ist, was dann in Erscheinung tritt, sondern ein noch halbwegs Kenntliches, so mag es daher rühren, daß diese Technik imstande ist, etwas, das es früher einmal tatsächlich gab, grenzenlos mit etwas Jetzigem durcheinanderzuwirbeln und zu einem einzigen unwahrscheinlichen Gebilde zu verschmelzen. Jedenfalls ist es nicht mein Apparat, nicht mein Gedächtnis, das so etwas herstellt, das habe ich nie zuvor gesehen, nie geträumt und nie mir ausgedacht. Es ist der Schlaf der äußeren Welt – nicht der meine! Meins ist das nicht!‹

Es war jetzt kurz vor Mittag und die Sonne stand hinter einem der Hochhäuser, der Platz in der Innenstadt lag ruhig und rund im Schatten. Ein Mädchen kam in einem kurzen zerfetzten Kleid und trug einen Leuchtbuchstaben unter dem Arm. Es setzte sich an einen der leeren Tische und liebkoste den Buchstaben O.

›Ist es nicht so‹, fragte sie zu dem Kranken herüber, ›daß, wenn einmal der Kranz all dessen, was dir widerfuhr, gewunden ist, dein Ich sogleich verschwindet in seinem hohlen, inneren Kreis, in seinem Hohl? Denn wenn etwas sich rundet, so umfängt es doch in seiner Mitte ein Hohl, eine Leere.‹

›Ja‹, sagte der Mann, ›du hast recht. Was von uns lebt, ist nur der Rand, der Kranz, der Reigen der Ereignisse. Die Peripherie dessen, was uns zustieß. Die Kette der Demütigungen. Es ist der äußere Ring, der sich schließt. Die Umgehungsstraße unserer Innenstadt, auf der der Verkehr der Menschen und Geschehnisse zirkuliert. Nur der Pfeil der Zeit geht durchs Herz.‹

›In der Dunkelheit leuchtet der Buchstabe wie eh und je‹, sagte das erwachsene Mädchen, ›ein mutiger Freund hat ihn mir vom Dach einer Bank abmontiert und gestohlen. Es ist übrigens mein Anfangsbuchstabe, denn ich heiße Oda.‹

›Dein Ring, deine Initiale ist wie die Erdatmosphäre, an der die äußeren Einschläge – die großen Ereignisse der Welt, die auf der Bahn sind, in dein Herz zu stürzen, jene großen Tode und Katastrophen, abprallen und zerschellen und sich in den Staub-Gürtel unzähliger kleiner rotierender Ereignisse einstreuen. Bis in dein Herz gelangen nur die Worte. Die großen Tode werden nie bis dorthin gelangen. Sie werden dich niemals berühren.‹

Er war schon sehr krank, aber er sagte: alle meine Wunden liegen außer mir.

Er ging mit dem Mädchen auf das dunkle Zimmer, das über dem Gastraum des Restaurants lag. Dort kauerte sie auf Ellbogen und Knien nieder vor ihm und das O umgab ihre Hüfte. Sie hob ihre weiche Fülle durch ihre leuchtende Initiale, und nun war es dem Mann gestattet, mit aller Vorsicht, damit das Glas nicht zerbreche, und doch nach allen Regeln, die ihm gefielen, sich ihres Leibs zu erfreuen.«

Hermetia mußte lächeln, als sie die kleine Phantasie vernommen hatte. Es war nur zu durchscheinend, daß sie selbst darin gemeint war als diejenige, die den Ring füllte. Ihr Zustand hatte sich unter Friedrichs Erzählung merklich gebessert. Nun war sie ermuntert und wünschte, sich noch dreister in den Augen des Lesers gespiegelt zu sehen und weitere dergleichen ›halbdunkle Begebenheiten‹ zu hören.

»Ich habe dir noch nicht erzählt«, fuhr Friedrich fort, »daß ich dir nach unserer ersten Begegnung hier in dieser Wohnung an den darauffolgenden Tagen gleich zweimal wieder über den Weg trat, ganz zufällig übrigens, draußen in der Stadt, ohne daß du mich dabei beachtet oder gar wiedererkannt hättest. Du erinnerst dich sicher an jenen Nachmittag, als ich dem Alten das Buch brachte, das er schon so gut wie verloren glaubte. Wir saßen in seinem Studierzimmer, und er erzählte von den glücklichen Tagen, die er in enger Freundschaft mit meinem Vater verbracht hatte, bis sie sich schließlich über einen nichtigen Anlaß zerstritten und darauf für immer aus den Augen verloren. Während er genüglich seinen Erinnerungen nachhing, vernahm ich durch die halb geöffnete Schiebetür die kurzen festen Aufschläge von hohen Absätzen auf dem Parkett, dazu ein leises Geschirrklappern, und kurz darauf sah ich den Rükken, das lange offene Haar, den schlanken Leib einer jungen Frau, die sich vor dem Schrank auf Zehenspitzen reckte, ihre Lende über die vorspringende Kante der Anrichte bog, so daß sich der kurze, auf die Knie schließende Rock um ihre grazile Fülle straffte, als sie mit nacktem Arm zum obersten Bord langte, um Teeservice und Blumenvase herauszuholen. Indem ich dem Alten weiterhin mit zerstreuter Aufmerksamkeit folgte, dachte ich unentwegt: wer mag dies schöne Wesen sein? Wer geht da draußen? Wann kommt sie endlich herein? Wann steht sie vor mir und ich blick sie an? Schließlich kam der Tee, kamst du und schobst das Tablett auf diesen Tisch. Ich erhob mich unter großem Schauen, der Alte nannte dir meinen Namen und nannte dich – seine Frau! Ich muß tief errötet sein, ich weiß, daß ich deine weiche warme Hand sogleich wieder freigab. Das helle, unbefangene Gegenüber, das du mir botest, verwirrte mich vollends, und mir war beklommen zumute, so wie man vor einer unausweichlichen Eroberung, deren ganzes Wagnis und Gewicht man vorausfühlt und ermißt, erst einmal verzagt und schnell noch umkehren möchte. Aber es war schon zu spät. Dein Lächeln, das willkommenheißende und gefahrwitternde, verriet, daß es dir nicht anders erging als mir selber. Daß du in der Begrüßung zu mir hinausgetreten warst, in diesem Augenblick die bedrohteste Person, die man sich denken kann, gleich weit entfernt vom vertrauten Heim wie von einer unerhörten Fremde. Du hattest vor uns die Tassen abgesetzt, den Tee eingeschenkt, um sogleich wieder unserem Gespräch den Rücken zu kehren und im Hintergrund neben dem Flügel mürbe Blätter aus den Zimmerpflanzen zu pflücken. Ich lauerte nun auf jede Gelegenheit, bei der ich mich unauffällig nach dir umwenden konnte, um deinen ernsten, schutzlosen Blick zu erhaschen. Der Alte mochte es bald bemerkt haben, daß ich ihm nur noch mit geteiltem Interesse zuhörte, denn plötzlich unterbrach er sich und betrachtete dich mit einem sonderbar zwittrigen Schmunzeln und mit einem, wie mir schien, unzulässigen Besitzerstolz, als wärst du nachgerade das Prunkstück in seiner Sammlung fremdländischer Kostbarkeiten. ›Eigentlich, mein Liebes‹, so sprach er dich an und schielte dabei prüfend zu mir, ob ich seine gelehrte Anspielung recht verstünde, ›eigentlich müßte ich dich der Göttin Eos vergleichen, der ewig jungen, blühenden Morgengöttin. Denn zweifellos bin ich selbst dein alter sterbensunfähiger Tithonos, nicht wahr?‹

Ich wußte nicht sogleich, wer gemeint war und welche Sage er herbeigezogen hatte.«

»Professor Tithonos! Ah! Professor Tithonos!« stöhnte Hermetia hier dazwischen, albern und übermütig.

»Jawohl!« äffte der Leser den Alten nach, »Professor für Hydraik, Erforscher der Meeresungeheuer«, und auch er gefiel sich in respektlosen und affektierten Scherzen.

Czech, der Hausfreund, ermahnte beide, sich nicht über den Greis, den gekränkten Ehegatten zu belustigen und ihn auf seinen schweren Gängen im Hof mindestens mit einem gemeinsamen Gelächter von hier oben zu verschonen.

»Nun gut«, lenkte Friedrich ein und feixte ein wenig gedämpfter, »Tithonos, so hieß der arme Greis, der zwar unsterblich war, aber dennoch alt und kindisch wurde, denn die immerjunge Eos hatte trostloserweise vergessen, bei Zeus für ihn um ewige Jugend zu bitten. So wurde er zwar von seiner Geliebten gepflegt und ernährt, jedoch seines schrecklichen Anblicks wegen in einer dunklen Kammer versteckt gehalten, wo er langsam verschrumpelte. Auf ihn berief sich der Alte und spielte andeutungsvoll mit der Mythe, als er dich, seine junge Gattin, schließlich ermahnte: ›Man darf eben, wenn man Wünsche frei hat, nicht die Hälfte zu wünschen vergessen. Auch ein Wunsch will vollendet gewünscht sein. Dies setzt voraus, daß der Wünschende schon teilhat am Geheimnis der erwünschten, vor allem der erwünschbaren Welt.‹

Bevor der Professor, immer halb zu mir gewandt, dir

seine amüsierten Belehrungen erteilte, hattest du bereits Platz neben uns genommen und ruhtest angelehnt in deinem Sessel. Ich bemerkte nun, wie sich eine bestimmte Gebärde deines Körpers auffällig wiederholte. Es gefiel dir, beide Arme mit ausgebreiteten, angewinkelten Ellbogen hinter den Kopf zu heben, um im Nacken das Haar zu lockern. Ein scheinbar unnötiger Griff und daher für mich, der beim Lesen der ersten Seiten einer fesselnden Fremden alle Lock- und Leuchtzeichen übereifrig empfing, nichts anderes als eine ebenso unbewußte wie absichtliche Einladung, deinen gestreckten Leib mit den angehobenen Brüsten frei zu betrachten, solange die dunkelrote Bluse sie dünn umspannte. In meiner Lesart ist dies die Stellung der ›offenen Achselhöhle‹, wie sie auf zahllosen Gemälden von der entblößten Odaliske auf dem Divan eingenommen wird. Die wohlbekannte Trope des gefälligen Empfangs. Als solche scheint sie durch jede Art der Bekleidung hindurch und wirkt allenthalben eigentlich als die erbötigste unter den züchtigen Gebärden einer angezogenen Frau. Von diesem ahnungsvollen Beginn her wird es dir vielleicht begreiflich, wie sehr es mich blenden, erschrecken, ja vertreiben mußte, als ich dich tags darauf wiedersah, zufällig und unvermittelt, unten am Ufer des Badesees, wo du nach einem Segelausflug arglos vor den Augen der Strandgäste die schwarze Pelle des Gummianzugs von den Schultern streiftest, bis sie wie eine aufgeschlitzte zweite Haut um deine nackte Hüfte hing. Deine feuchten, warmen Brüste, mein Geheimstes, standen nun gleichgültig frei, allen sichtbar, in der reinen sportlichen Entblößung. Wie schamlos keusch... wie gebärdelos und ungeniert! Wie bis in die Tiefe des Geschlechts lustvergessen, *neutral*, ja ohne jedes Bild von dir selbst, so standst du auf dem Rasen und warst entdeckt. Ich schloß die Augen und erschrak: selbst eine so junge, unbefangene Frau muß es doch spüren, daß dies schöne *Teil*, Ende des Baums, Erfüllung, Frucht für keinen anderen Menschen jemals so gleichgültig sein kann wie für sie selbst in der Minute der Erschöpfung und des schieren Atemholens...

Zu meinem Trost und zu meiner sinnlichen Erleichterung begegnete ich am Abend desselben Tags, als ich den Empfang des Bürgermeisters besuchte, einer ebenso elegant wie geschmeidig gekleideten Frau, die einen breiten karmesinroten Hut trug und diesen auch nicht absetzen wollte trotz des von schwerer Luft erfüllten niedrigen Gewölbes, in dem die Kongreßteilnehmer ihren Umtrunk hielten. Ja, Hermetia, hier gelang es mir, vielleicht zum ersten Mal in meinem Leben, mich an der Verlockung selbst, an der Hülle, dem Gewand erschöpfend zu erfreuen. Nicht ausziehen! so sprach und mahnte stumm diese müßige Gestalt: du kannst mich nur in Kleidern haben. Ich besitze nur dies Angezogensein und kann nur angezogen schamlos sein. Und war es nicht so? Wie oft hatte mich die nachlässige oder nur verlegene oder gänzlich unbedarfte Blöße einer Frau ernüchtert, aller Kräfte beraubt. Erst diese hier, die Frau mit aufbehaltenem Hut, die in ihrer Gesellschaftlichkeit ihre letzte Blöße, in der engen, weichen Kleiderhülle ihre belebende Haut darbot, verschaffte mir das Vergnügen, einen Körper in seiner wahren Gewandtheit zu genießen. Halb im Verborgenen eines Erkers, nicht ganz der Gegenwart der anderen entzogen, umgaben wir uns und berührten einander tiefer, als Nackte es je vermöchten. Schon bald überwältigten sie die Heftigkeit und der Ernst unserer Lust; ihr festes Gesicht staunte in Tränen, die über ihre Kleider strömten, und ich befleckte sie auffällig, während ihre gleichzeitige und gleichstarke Versessenheit auf Gesellschaft und intimste Genüsse kein Ende nehmen wollte.

Dennoch kam ich von deinem Bild nicht los. Ich litt nachwirkend darunter, dich *so* erblickt zu haben, ohne dir wiederbegegnet zu sein. Doch als es sich nun ein zweites Mal begab und du mir wiederum zufällig und jäh unter die Augen kamst, wurde es zu einer noch schmerzhafteren, ja beinahe unerträglichen Prüfung. Denk dir nur: etwas Verächtlicheres war meinem Körpergeist seit langem nicht widerfahren als die Stumpfheit einer jungen unbekümmerten Kinobesucherin, die sich mit Reisetasche und Colaflasche rücklings durch die Reihe zwängte und mir, der sich höflich vom Sitz erhob, ihr weiches Rund gegen die Mitte drückte, sich vorbeugte, um einer Bekannten zwei Reihen weiter vorn dringend etwas mitzuteilen, ohne selbst im geringsten zu bemerken, in welch verfänglicher Berührung sie anhielt. Doch diese über die Zuschauerköpfe hinweg Angesprochene, nun, es war niemand anderes als du, geliebte Hermetia, die sich nun halb umdrehte und den Kopf hob; du warst es, die ich über den groben, fühllosen Rücken hinweg erblickte, deren Auge ich verzweifelt suchte und beständig verfehlte, während ich deine Freundin so dicht an mir hatte, daß ich meinte, ihre Stimmuskeln bis hinunter in die Schenkelmulde sich spannen zu fühlen. Nein, nicht ich spürte das, sondern meine gedemütigte Mitte. Und wäre diese jetzt, wonach ihr war, plötzlich ihre eigenen Wege gegangen und in diese üppige, nur mit dünnem laschen Stoff bedeckte, vollendete Gleichgültigkeit vorgedrungen – ich glaube, diese Person in ihrer reinen Körpergeistlosigkeit hätte auch dies nur für einen versehentlichen Anstoß gehalten oder den unbedeutenden Widerstand beiseite geschoben, so eifrig war sie nach vorn zu dir hin gestreckt, so achtlos drückte sie ihren Rücken gegen das Pilasterrelief eines Menschen.«

Hermetia hatte zuletzt unruhig ihren Sitz auf dem breiten Fauteuil verändert, und Friedrich fragte besorgt, ob er etwas Falsches oder etwas ihr Unangenehmes vorgetragen habe. Sie stritt dies ab und bekräftigte, sie habe genau das zu hören bekommen, wonach es sie verlange. Wenngleich das Verlangen… nun ja, es wolle eben immer aufs neue beherrscht sein. »Ich weiß nicht, wo ich meine Füße hintun soll. Ich lege sie auf den Sessel und setze mich auf die

Waden. Ich stelle sie auf den Boden, und sie fangen an, sich selbständig zu machen, sie wollen hinüber zu dir... ich halte meine Knie mit den Armen umfaßt, damit sie nicht – lieber Czech! (und sie wandte sich unvermittelt an den Hausfreund) ich fürchte, ich werde für eine Minute hinaus müssen und mich erfrischen.«

»Liebe Hermetia«, erwiderte der betrübte Wächter, »ausdrücklich habe ich dir nichts zu befehlen oder zu verbieten. Jedoch wenn du dich nur irgend überwinden könntest, möchte ich dich bitten, bei uns zu bleiben und die heikle Anordnung, die wir nun einmal gemeinsam bilden, nicht zusätzlich zu gefährden. Nur solange wir drei jeder unter des anderen Auge uns verhalten müssen, besteht eine gewisse Gewähr, daß aufkommende Erregungen wieder ablaufen und ausgeglichen werden und nicht außer Kontrolle geraten. Aus diesem Grund möchte ich nun meinerseits eine kleine Geschichte einfügen, die dich hoffentlich ein wenig besänftigen wird. Wenn sie auch nicht gerade ein beruhigendes Ende nimmt, so sollte ihr Beispiel uns doch zu der Nüchternheit und Geduld zurückführen, die wir hier oben benötigen, um diese schwierige Weile mit einigem Geschick zu meistern. Ruf dir nun also die Umgebung eines weitläufigen Vorzimmers, ja fast schon einer Empfangshalle in die Vorstellung, welche sich auf der Vorstandsetage eines modernen Wirtschaftsunternehmens ausdehnt, eine freundliche, anmutige Architektur, worin kühle weiche Möbel, marmorne Paneele, frisches Grün und plätschernde Bassins das Warten angenehm erleichtern. In unserem Fall nun verweilen nebeneinander und begegnen sich hier zum ersten Mal: der ältere Freund und die eben neu gewonnene Geliebte des Mannes, der im Hintergrund in seinem Chefzimmer sitzt und bei geschlossener Tür scheinbar mit unaufschiebbaren Geschäften zu tun hat. Der Freund war eigens vom Ausland angereist, da ihn ein ebenso düsterer wie überdeutlicher Traum mehrmals heimgesucht hatte, in dem der Konzernherr, sein früher Förderer und Wohltäter, unter eine tödliche Bedrohung geriet, ohne es selbst gewahr zu werden. Nur um ihn zu warnen und sich an Ort und Stelle persönlich über sein Befinden zu unterrichten, hatte er sich auf den weiten Weg gemacht – zu warnen vor niemand anderem als eben jener Person, die jetzt neben ihm auf der lachsroten Lederrundbank saß, denn sie war es, unverwechselbar, die er in seinem Traum als Unheilbringerin vorausgesehen hatte. Man kann sich das erste Entsetzen gar nicht groß genug vorstellen, das den Mann ergriff bei diesem Wiedersehen mit ihr in der Wirklichkeit und unmittelbar vor der Tür des Bedrohten. Jedoch, es erwies sich zu seiner Verwunderung schon bald, daß diese schöne Verdächtige in ihrer heiteren Bescheidenheit, ihrem gefälligen Wesen so gar nicht mit dem bleichen Bild seines Traums übereinstimmte, wo sie bei gleichem Äußeren mit einem dunkelbrennenden, verworrenen Stolz aufgetreten und sofort als eine Botin der Verdammnis zu erkennen gewesen war. In Wirklichkeit aber saß ein unverstellt warmherziger Mensch neben ihm, und er zweifelte schon ernstlich an der Bedeutung seiner Nachtgesichte, empfand seine Reise im Grund für umsonst getan, außer daß es ihn freuen sollte, in Kürze seinen Freund wiederzusehen und ihm aufrichtig zu seiner glücklichen Liebeswahl zu gratulieren.

In der einsamen Zuflucht seines Büros saß unterdessen der Unternehmer und Gestalter und war keineswegs mit dringenden Geschäften befaßt, sondern starrte vielmehr untätig vor sich hin, von einem hartnäckigen Argwohn wie gelähmt. Dieser allein war auch der Grund, weshalb er die beiden ihm nahestehenden Personen, aus je verschiedenem Verdacht, draußen warten ließ wie fremde, lästige Bittsteller. Als ihm die plötzliche Ankunft des Freunds gemeldet wurde, war es sein erster und einziger Gedanke, daß dieser nur gekommen sei, um wieder einmal den ›alten Schuldschein‹ vorzulegen, den peinlichen Restbeleg einer – wie man doch meinen sollte – längst ausgeglichenen Forderung, die von einer früheren gemeinsamen Firmenübernahme datierte, die für beide verlustreich verlaufen war.

Hingegen seine neu gewonnene Geliebte scheute er sich einzulassen, da er seinerseits im Traum der vergangenen Nacht von ihrer Erscheinung verfolgt und auf das gemeinste erniedrigt worden war. Er mußte entdecken, daß sie ihn von Beginn an betrogen hatte, ja er mußte sie sogar unmittelbar beim Vollzug ihrer Untreue erblicken (ohne dabei den Liebhaber identifizieren zu können), und zwar in jener vergrößerten, übernahen Faßbarkeit, mit der allein dem Träumer das (noch?) Ungeschehene vorgeführt und unabweislich gemacht wird. Er sah sich daher außerstande, ihr an diesem Vormittag unter die Augen zu treten, nicht bevor der Traum ganz aus seinem Blut gelöscht wäre.

Mittlerweile warteten die beiden Verdächtigen draußen immer leichter und entspannter und gewannen in ihrer Unterhaltung nach und nach eine offene Sympathie füreinander. Schließlich gelangten sie zu der Überzeugung, daß sich drinnen offenbar ein Geschäft aus dem anderen entwickle und sie wohl auf absehbare Zeit nicht hereingerufen würden.

So beschlossen sie, einstweilen in die nähere Umgebung auszugehen, ein kleines Mittagessen einzunehmen und vielleicht noch einen Stadtbummel anzuschließen. Sie wollten dann später, erst kurz vor Büroschluß, in die langweilig beschwingte Empfangshalle zurückkehren.

Als sie nun unten vor das Geschäftsgebäude traten und die Straße überqueren mußten, verlor die Frau, die ausgelassen wie ein Schulkind den nutzlos freien Vormittag genoß, jede Vorsicht und schlüpfte eilig und geschickt durch den dichten, polternden Verkehr, und der Mann, nicht minder aufgeräumt und mit sonderbar erleichtertem Gewissen, mochte keinen Schritt hinter ihr zurückbleiben und setzte blind hinterher. Jedoch als er für den Bruchteil einer Sekunde zögerte, geriet er einem herandonnernden, überholenden Lastzug in die Bahn, wurde im Aufprall ergriffen, niedergeschleudert in den kreischenden Verkehr und von einem anderen Wagen sofort zu Tode gefahren.«

Die Geschichte fand, wie nicht anders zu erwarten, keinerlei Beifall bei ihren Zuhörern. Sie besänftigte die beiden anderen Ausharrenden auch nicht, sondern versetzte sie in eine trübe, mutlose Stimmung. Vor allem Hermetia tadelte den Hausfreund für seine allzu notdürftig verschlüsselte Anekdote: »Du meinst also, daß für einen von uns dreien diese Nachtwache tödlich enden wird, das wolltest du sagen? Nun, nur mich kann es treffen, gegen mich wird er sich verfehlen, wenn er plötzlich aus seinen ausweglosen Runden ausbricht, den Kopf verliert und der überspannten Lage ein gewaltsames Ende bereitet.«

Der Leser, dem es ebenfalls die Laune verschlagen hatte, murmelte dagegen: »Ich bin hier der Eindringling und entspreche dem herbeigeeilten Freund in der Anekdote, den das vorausgeahnte, doch jäh von einem zum anderen umspringende Unheil trifft.«

»Aber«, wandte Czech ein, »wenn überhaupt jemand in der kleinen Geschichte sich wiedererkennen muß, dann kann doch nur ich der Unglückliche sein, der am Ende für allen Schaden büßen muß, ich, der seinem besten Freund nicht treu und einseitig genug Beistand leistete!« Hermetia hatte sich jetzt im Sessel aufgerichtet, schnitt ihm das Wort ab und sagte aufatmend in einem ebenso leichtfertigen wie grausamen Beschluß: »Er wird sich selber töten. Ich habe keinen Zweifel daran. Sobald er erkennen muß, daß unsere Verbindung nicht mehr zu unterbrechen oder aufzuheben ist...«

Friedrich, der deutlich zusammenzuckte, als er den leisen starken Ausstoß von Kälte und Härte aus dem Mund der Geliebten vernahm, war nun entschieden bemüht, sich und die anderen von solch verdrießlichen Reflexionen wieder abzulenken und wünschte mit einer sinnlicheren Erzählung fortzufahren, in der, wie er ankündigte, ebenfalls der Traum als eine Art Überträger auftrete, der den Tag mit Nacht anstecke, die Wirklichkeit mit Gesichten unsicher mache.

»Auch die folgende kleine Begebenheit, die nicht verdient eine Geschichte genannt zu werden, gehorcht der Macht der Verabredung, die Hermetia und mich hier auseinanderhält. Sie allein regiert gegenwärtig unsere Worte und bewirkt, daß wir uns in Gelüsten ansprechen, die, dürften wir geradeheraus handeln, uns nie in den Sinn und nie über unsere Lippen kämen. Nun aber wollen wir sehen, ob *Reden*, wenngleich es allenthalben schal und leer geworden ist, in unserem ausgegrenzten Fall nicht doch noch einmal seine Gewalt über den Körpergeist und damit schließlich auch über den Körper selbst beweist.

In einem Traum, den ich vor kurzem hatte, befand ich mich in einem ländlichen Festzelt, in dem stellungslose Artisten oder solche, die nur eine einzige Nummer glücklich beherrschten und damit bei keinem Zirkus unterkamen, ihre meist recht kurzen und ausgefallenen Kunststücke vorführten. Zum Höhepunkt der Veranstaltung wurde der echte und wahre Todesakrobat angekündigt. Dazu traten zwei unfreie, linkische Gestalten auf, ein Mann und eine Frau, ähnlich grau gekleidet beide, doch sie, die nur Gehilfin war, im weit geöffneten derben Blusenhemd. Sie begaben sich unter eine Art Reckstange, auf die ein monströses Rollenwerk montiert war, das einer Stahlpresse glich. Der Akrobat zeigte nun, wie die Reckstange durch einen eingeschalteten Motor ins Rollen kam und wie derjenige, der auf ihr balancierte, beinahe unweigerlich in die ebenfalls rollende Presse zunächst mit einem Hosenbein hineingeraten, dann unaufhaltsam Stück für Stück in die malmende Apparatur gezerrt und schließlich völlig zerquetscht werden mußte. Er führte dies anhand von leeren Papierkörben vor, die er über die Stange schubste, bis sie unter grellstem Zersplittern von den stählernen Rollen erfaßt und geplättet wurden.

Das Publikum bestritt von Anfang an murrend, daß an dem niederen Gerüst mit der übertriebenen Maschinerie irgend etwas Sensationelles, wirklich Gewagtes gezeigt werden könne. Es begann, bevor noch das Kunststück ausgeführt wurde, mit dem Artisten zu diskutieren, der immer wieder – vor seinem eigentlichen Auftritt! – versicherte, die Todesgefahr sei unbedingt und festgarantiert gegeben. Bereits mehrere Mitglieder seiner tschechischen Artistenfamilie seien der Mördernummer zum Opfer gefallen. Das Publikum erwiderte, es mangle aber der Todesgefahr an der nötigen Anschaulichkeit, die allein den höheren Nervenkitzel bewirke. Was sei denn schon zu sehen, wenn einer über die rollende Reckstange balanciere und die Presse ihn nicht erwische? Was sei damit schon geleistet oder bewältigt? Außer den einmaligen, nackten Eintritt der Katastrophe zu vermeiden, gäbe es hier überhaupt nichts zu bemeistern, auf der niederen Stange könne auch die kunstvollste Nummer niemals atemberaubend wirken. Die Todesmaschinerie sei eine hinzugetane, lediglich aparte Erfindung, die anders als etwa der Tanz auf dem Hochseil das menschliche Angstempfinden keineswegs anspreche und die rohe Sensationsgier des Zuschauers ästhetisch nicht veredeln und erlösen könne. Das Bild der Apparatur sei uneinbildbar. Daher wünsche man die gesamte Nummer nicht zu sehen. Das Publikum verweigerte dem Todesakrobaten, auch nur eine Kostprobe seines Könnens vorzuführen, da es dieses wie immer geartete Können für falsch angewendet, für schaulustwidrig und zirkusweltfremd hielt. Es verjagte den Artisten mit seiner Gehilfin, die dem Äußeren nach seine Schwester sein konnte, aus dem Festzelt. Nach der Veranstaltung fand ich die beiden neben ihrem Wagen, während sie das zerlegte Gerüst auf den Gepäckträger befestigten. Ich sprach sie an, indem ich mich ausdrücklich von dem lieblosen Publikum distanzierte und es redlich bedauerte, ihre Vorführung nun nicht erlebt zu haben. Doch es schien sie nicht weiter zu interessieren. Überhaupt erstaunte es mich, wie seltsam unbeeindruckt von dem kläglichen Vorfall sie sich gaben, als sie nun ihre Sachen packten und sich mit mir unterhielten. Ich erfuhr, daß es sich entgegen dem Anschein um ein Ehepaar handelte, nicht um Geschwister, dem eigentlichen Beruf nach Hausmeistersleute in einer ländlichen, meist leerstehenden Fabrikantenvilla. Dennoch hatten sie fast gleichgeschnittene Gesichter, die gleichen dunklen, etwas schlitzförmigen Augen und einen ähnlichen muskulösen Körperbau, der ihre bäuerliche Herkunft verriet. Vor allem die Gestalt der Frau besaß einen starken geschlechtlichen Ausdruck, war ein zäher, irdener, gebrauchsfester Leib, daran gewöhnt (wie ich im Traum mehrmals mitansehen mußte), dem Mann untertags neben der schweren Arbeit irgendwo im Schuppen oder Garten anzugehören, wo immer es sich ergab, heftig und abgehärtet, gleich ob im Dunkeln unter der Eingangsstiege oder auf den Waschbrettern im Keller, überall lieber als müde am Abend in den Betten. Sie stand nachlässig im offenen Hemd, so wie sie sich eben noch mit hilflosem Reiz dem Publikum vorgestellt hatte, die unbedeckten flachen Brüste waren von der Seite zu sehen, die kleinen Warzenbolzen standen aufgerichtet, steifgerieben an der rauhen Bluse. Sie erzählten von ihrer Übersiedlung aus der Tschechoslowakei und den vielen Zirkusauftritten, die sie dort mit größtem Erfolg absolviert hatten, allerdings stets unter der Mitwirkung ihrer Kinder, die auf der Stange eben ›mehr von sich hergemacht‹ hätten als sie selbst. Während sie sich emporreckte und mit beiden Armen auf das Wagendach langte, um zu schnüren, hob sich die Bluse und sank der Rock unter den Nabel; ich sah, wie nur in der Überdeutlichkeit der Hypnoskopie möglich, ihr volles, lockiges Schattenhaar über den Bund quellen. Ich fragte, ob sie nicht Repressalien ihres Heimatstaats gegen ihre Kinder, die sie zurückgelassen hatten, befürchteten. Nein, antwortete sie und lächelte etwas schief und gaunerisch:

›Wir sind ja offiziell hier, um uns um Flüchtlinge zu kümmern.‹

Ich wußte sofort, was sie mir andeuten wollte: sie arbeiteten bei allem und jedem, was sie nur taten, im Auftrag eines östlichen Geheimdienstes, und ihre unter unzähligen Vorwänden verborgene einzige Aufgabe war es, geflüchtete Landsleute ausfindig zu machen, zu bespitzeln und gegebenenfalls anzuwerben und zu erpressen.

Mit dem Wort ›Flüchtlinge‹ entwichen die beiden und mit ihnen die gesamte Szenerie des Traums. Wie es seinem zügellosen Alphabetismus entspricht, sah ich mich im folgenden in lebensgefährliche Fluchten und Jagden verwikkelt und drohte zuletzt unter messerscharfen Stahlkanten von Mercedes-Steuerrädern zerschnitten zu werden.

Als ich an einem der darauf folgenden Morgen auf die Straße trat, um meinen täglichen Weg zum Zeitungskiosk zu nehmen, glaubte ich meinen Augen nicht zu trauen, als eben jene Frau mit dem halben Kirgisengesicht, von der ich im Traum die verborgensten Ansichten gewonnen hatte, plötzlich vor mir stand, unter dem Portal des Nebenhauses, wo sie vor dem strömenden Regen abwartend lehnte. Nachdem sich meine erste Verwirrung gelegt hatte, drängte es mich, sie anzusprechen. Es war mir ja ganz unmöglich, sie als vollkommen Unbekannte zu betrachten, indessen sie einen äußerst unvertrauten Blick auf mich warf, als ich nun die Stufen emporschritt und um die Erlaubnis bat, ihr meinen Traum erzählen zu dürfen. Schon nach wenigen Sätzen konnte ich bemerken, daß es ihr nicht verwunderlich vorkam, was ich zu erzählen hatte. Mehrmals nickte sie zu meinen Worten, als könne sie alles nur bestätigen und brauche nichts zu berichtigen. Ich fragte sie ungläubig, ob denn gar irgend etwas daran sei, an meinem Nachtgewölle, oder ob ich mir das Ganze nur ausgefaltet hätte, nachdem ich sie vielleicht irgendwo in der Menge einmal erblickt und ihr fremdartiges Gesicht sich in mir festgesetzt hätte.

›Nein‹, sagte sie und nickte jetzt heftiger, so sei es, genauso oder in etwa, wie ich geträumt hätte, so ginge es mit ihr, mit ihr und ihrem Mann wohl zu, in etwa, und auch das – sie schwieg einen Augenblick – auch das mit dem ›Politischen‹ habe seine Richtigkeit, in etwa entspreche es den Tatsachen, daß sie beide im Dienst ihres Vaterlands arbeiteten, wenngleich nicht mit solch phantastischer Vollständigkeit aller ihrer Handlungen und Regungen, wie ich es mir vorstellte.

So stand ich nun vor der Frage, ob etwa mein Nachtbewußtsein ein Durchzugsgebiet für anderer Leute Realitäten sei; oder ob ich nicht doch nur eine durchtriebene Sinnestäuschung ertrüge, und diese sich alles zusprechen lassende Person war zuletzt bloß ein etwas geschickteres Straßenmädchen, das sich meine Verwirrung zunutze machte, um mich an der Nase herum auf ihr Zimmer zu führen?

Ich entschied mich dafür, ihr nichts zu glauben. Da drückte sie hinter sich auf den Haustüröffner, und wir betraten beide ein kühles, halbdunkles Treppenhaus, in dessen Hochparterre soeben ein beleuchteter Fahrstuhl nach oben stieg. Ohne daß ich sie dazu aufgefordert hätte, öffnete sie nun vor mir ihre Kleider, und ich sah, daß es der nämliche feste, erträumte Leib war.

›Ja‹, sagte ich, beinah wie ein Landwirtschafts-Inspektor, der sich von einer Getreideprobe oder einer ordnungsgemäßen Buchführung überzeugt hatte. ›Ja‹, sagte auch sie mit einem schicksalsergebenen Unterton und knüpfte ihre Kleidung wieder zu, nachdem nun alles auf die dunkelste Weise bestätigt worden war.

Sie fragte, ob sie in meinem Traum den grünen oder den verschlissenen beigen Arbeitsrock getragen habe. Sie fragte weiterhin (nicht ohne Anflug ihres schiefen Lächelns), wie sie denn bei mir weggekommen sei, nachdem ich sie nun mehrere Male bei den kurzen, atemlosen Umarmungen mit ihrem Mann, ausgeführt neben der schweren Hausarbeit, beobachtet hätte. Ob mir die Art und Weise, wie sie es miteinander ›machten‹, gefallen oder ob sie mich eher abgestoßen hätte. Sie wollte ferner genau wissen, welche ›Waschbretter‹ im Keller ich denn wohl gesehen hätte, da sie sich an solche beim besten Willen nicht erinnern könnte. Er habe sie überhaupt nur zwei, höchstens drei Mal unten im Keller ›hergenommen‹. Sie konnte kaum mehr einhalten mit Fragen und wollte bis ins kleinste Detail erfahren, wie sie sich bei den verschiedenen Begebenheiten, deren Zeuge ich im Traum geworden war, ›angestellt‹ und wie sie dabei auf mich gewirkt hätte. Fragen in Fragen hinein, so daß ich Mühe hatte, ihr alles so ausführlich zu schildern, wie sie es verlangte.

Es schien mir fast, als wollte sie nach meinen Angaben ihr zukünftiges Verhalten sorgfältig überprüfen, da und dort korrigieren und überhaupt ein verbessertes, genaueres Bild von sich selbst erhalten, das ihr jederzeit bewußt und wie einem Schauspieler verfügbar wäre.

Ja, war sie nicht wie besessen von dem Bedürfnis, eine undurchdringliche Äußerlichkeit zu erwerben, um selbst bei ihren intimsten Gewohnheiten (vor dem allgegenwärtigen Auge der ›Zentrale‹?) nichts als eine perfekte Figur zu machen?

Ich muß gestehen, daß ich mich anfangs nur mühsam bezwingen konnte, da die Erörterung – und gerade die penibelste und nüchternste – all der schamlosen Einzelheiten, die ich an ihr wahrgenommen hatte, mein eigenes Begehren unvermittelt heftig antrieb. Zeitweilig schien es denn auch außer Kontrolle zu geraten, und ich glaube, beide gelangten wir auf den äußersten Kamm der Erregung, wo nur ein einziger Schritt, eine zufällige Berührung noch fehlte, und wir hätten uns in den Fahrstuhl geworfen, blind, bis in die Münder ineinander verschlungen, und die gläserne Rede, die ganze unzüchtige Zucht wäre in einer gewaltsamen Leidenschaft niedergerissen worden. Jedoch, liebste Hermetia, ich gelangte unbeschadet über den Kamm und erschöpfte mich, indem ich, von ihr beständig aufgefordert und angehalten, immer präzisere Beschreibungen ihrer heimlichen Anblicke lieferte, wobei sich die Wolke, der schwere Duft der Begierde nach und nach in winzige und spurenhafte Partikel auflöste und das Gelüst selbst mit der Feinbestimmung seiner Elemente bald ganz entschwand. Die Folge war, daß ich am Ende diese Frau im traumlosesten, sächlichsten Zustand vor mir erblickte, den wohl je ein weibliches Geschöpf in den Augen eines Mannes angenommen hat.

Wir verabschiedeten uns dann auch ebenso förmlich, als hätten wir lediglich den Auftrag eines fernen Geheimdienstes, der uns für ein einziges Mal im Leben zusammenführte, sorgfältig und diskret, zu beiderlei Zufriedenheit erledigt.«

Hermetia rutschte flach in den Sessel hinein, so daß ihre aufgestützten Arme wie Flügel aufgingen und die Ellbogen auf der Höhe ihrer Ohren an den Lehnen hingen. Sie schlug die nackten Beine übereinander und begann ein wenig maulig zu werden. »Die Geschichte, die du uns da erzählt hast, ein kleines Nachtstück, das sein Rätsel beständig weiterwebt, statt es zu lösen, hat mir in gewissem Sinn das Spiegelbild unserer eigenen gegenwärtigen Lage vorgeführt. Das mußte wohl ihre aufreizende Wirkung auf mich ein wenig beeinträchtigen. Mir wäre es jedenfalls ein größerer Genuß gewesen, wenn der Erzähler nicht allzu ›akrobatisch‹ die Anschwellung einer Verbindung gegen die Unterbindung einer Verströmung ausbalanciert hätte. Wenn er es zu einer letzten Ausschweifung und Genugtuung hätte kommen lassen. Und außerdem, mein liebster, klügster Leser, bei all deinem Talent, die beiläufigsten Schamlosigkeiten gewissenhaft zu verzeichnen, es fehlt mir in deinen Berichten an etwas, das... ja, es fehlt mir im Grunde an einer moralischen Anzüglichkeit. Die begehrliche Anziehung entwickelst du stets aus dem Knoten des einen und ersten Augenblicks, eines sinnlichen

Nus, nie aber aus einer längeren menschlichen Verknüpfung heraus. Ich schlage vor, daß wir zu unserer weiteren Unterhaltung einmal ein neues oder ein etwas abgewandeltes Verfahren erproben...«

Sie sann einen Moment mit dem Zeigefinger auf der Unterlippe und rief dann hellentschlossen wie ein Kind, das endlich zu seinem Lieblingsspiel gefunden hat: »Laßt uns eine Kette der Demütigungen knüpfen! Ich meine: laßt uns vor allem solche Geschichten erzählen, gleichgültig ob erlebt, erinnert oder erfunden, in denen die Liebe einunddenselben Menschen im ersten Fall zum Untertan, im darauf folgenden aber zum Beherrscher eines anderen werden läßt; und zwar auf solche Weise, daß derjenige, der in der ersten Geschichte obsiegt oder scheinbar der Gebieter ist, schon in der zweiten als der Verlierer oder auch vielleicht als der vermeintliche Verlierer zu gelten hat. Denn ist es nicht so: daß eine Frau die Einziggeliebte und Höchstgestellte eines Mannes nur sein kann, weil sie irgendwann einmal die Verachtete und Verstoßene eines anderen gewesen ist und in ihrem Selbst von der rätselhaften Kraft der Demütigung noch alle Spuren bewahrt?«

»Ich weiß nicht«, entgegnete der Leser vorsichtig, »ob sich die Kette so säuberlich auffädeln läßt, wie du es dir vorstellst. Ist wirklich ein und dasselbe Herz auf seiner Liebessuche fähig, zwischen Herrschaft und Ergebenheit, zwischen Zufügen und Dulden einer Demütigung so gelegentlich zu wechseln, je nachdem an wen es gerät? Für gewöhnlich wird doch der eine in dieser wie in jener Verbindung, seiner Anlage gehorchend, stets der unglücklich Liebende bleiben, die andere indessen unverändert die Spielmacherin oder dominante Person. Nun, allerdings, das Gewöhnliche soll uns hier nicht zuerst interessieren, und ich will gern deinem Vorschlag folgen und versuchen, dir den Fall einer Demütigung aus eigener Erfahrung zu schildern, einer doppelten Demütigung sogar, wenn man es genau nimmt. Dazu muß ich wohl oder übel an einige

Untugenden meines früheren Lebens zurückdenken, von dem ich mich jedoch – nicht zuletzt solcher Begebenheiten wie der nun folgenden wegen – eines Tages voll Ekel und Bitternis abkehrte, um fortan in der reinen Täuschung des Lesens von seinen absurden Zumutungen verschont zu werden.

Damals gab es also nur jene Celia für mich. Bald vier Jahre waren wir schon ein Paar und nacheinander unvermindert bedürftig. Unsere Begegnungen wurden mit der Zeit und der Erfahrung nur immer kraftvoller und erfüllter. Ich verlor jeden Drang, mich gleichzeitig mit anderen Frauen einzulassen, wie es lange Zeit meine beinahe krankhafte Neigung gewesen war: ich war außerstande, eine Frau, die ich liebte, anders denn als Betrogene zu begehren. Durch das plötzliche Türauffliegen und den energischen Eintritt der Celia, einer jungen Kartographin, war dieser Spuk mit einem Mal vertrieben. Wir hatten alle Leidenschaft einzig miteinander auszumachen. In diesen vier Jahren hatte sie, wie es nur selbstverständlich ist, die meisten meiner Freunde kennengelernt, und andere, von früher, nach denen sie sich eingehend erkundigte, waren ihr durch meine Erzählung lebendig geworden.

Eines Tages fiel mir auf, daß sie den Namen eines Mannes, den ich damals häufig erwähnte, von sich aus niemals über die Lippen gebracht und auch nie nach ihm gefragt hatte. Es handelte sich um Jens, einen jungen Zeitungsschreiber, mit dem ich mich zweimal wöchentlich zum Langlauf traf, ohne daß uns mehr als dieses sportliche Interesse verbunden hätte. Dennoch wagte ich bei Gelegenheit eine Andeutung und fragte ihn, ob er je, wenn er sich mit mir verabreden wollte, Celia am Telefon angetroffen und sich ihr vorgestellt habe.

›Doch, ja‹, antwortete er so beiläufig und einsilbig, daß es mich beunruhigen mußte.

›Seltsam‹, sagte ich, ›sie ließ mir nur ausrichten, ‚jemand vom Langlauf' habe angerufen, obgleich es doch immer ein und dieselbe Person war, nämlich du.‹

Er setzte daraufhin die Finger wie Spinnenbeine auf die Noppen seines Schuhs, um seinen Mund erschien das süßlichste, verdorbenste Lächeln, das ich je an einem Menschen entdeckt hatte.

›Nun ja, damit muß man leben‹, sagte er und sah mich einen Augenblick unsicher an. ›Wir waren beide eben noch sehr jung damals, als wir uns kennenlernten. Ich nehme an, sie ist nie ganz fertig geworden damit.‹

Ich spürte, wie ich bleich bis unter die Nägel wurde. Celia, meine einzig Geliebte, mit diesem fühllosen, ungeschliffenen Athleten!

Früher... Wann? Wie lange? Wie überhaupt physisch möglich? Früher – aber war es nicht ihr selber Körper, dasselbe Haar, dieselbe bedürftige Hingabe, die dieser Mann, mit dem ich schon dutzende Male anzüglich gescherzt und gemeinsam gelacht hatte, genossen hatte?

›Laß uns‹, begann nun der andere, ›wenn wir schon auf diese unglückliche Geschichte zu sprechen kommen, eine Reihe von sehr einfachen physischen Gegebenheiten in den Vordergrund rücken, denn sie allein spielten damals die entscheidende Rolle zwischen uns, und sie sind es auch, die meine abscheuliche Handlungsweise vielleicht zu erklären, wenn auch niemals wirklich zu entschuldigen vermögen. Du wirst dir leicht eine Vorstellung davon machen: eine junge bildschöne Frau mit langem (damals übrigens rostrot gefärbtem) Haar, halbnackt, allein mit ihrem Begleiter auf dem kahlen dunkelsandigen Strand einer kleinen Azoreninsel, fern von allen gewohnten Umständen, nicht wahr? ...Da liegt sie hingestreckt auf ihrer rechten Seite, Ellbogen und Hüfte in den Sand gedrückt, den Kopf auf dem rechten Handteller, die hohen braunen Beine übereinandergelegt und leicht angezogen. Sie trägt einen einteiligen, weißrotgestreiften Badeanzug mit tiefem runden Rückenausschnitt und bis zum Hüftknochen freiem Bein. Ein trüber Tag im August, die Wolken gehen schnell und tief und stauen sich draußen über dem Meer. Niemand sonst ist zum Baden gekommen, und auch die beiden liegen da, als seien sie vom vergangenen Sonnentag übriggeblieben. Vertieft in ein langwieriges und, wie immer, fruchtloses Gespräch. Beharrlich fragend sie, zögernd, nicht weiter wissend er. Das Reden versandet mitunter, buchstäblich, die Finger drehen während des Verstummens eine Schnecke in den braunen, feinkörnigen Grund, oder der Sand rieselt aus einer zusammengekniffenen Faust auf den Oberschenkel. Der Mann liegt mit seiner chintzartig glänzenden, blauen Badehose auf dem Rücken, die Hände hinter dem Kopf verschränkt. Jeder hat ein schmales Handtuch unter dem Körper. Dies, wenn du verstehst, ist die Ausgangslage für das große Befremden am Strand...

Die Frau hebt ihr Haar aus dem warmen Nacken und stülpt es über den Kopf. Der Mann streicht mit der Hand über seinen Bauch und schiebt sie unter den Bund der Badehose. Die Frau stützt ihre Hand auf den vorstehenden Beckenknochen, der angewinkelte Arm hängt flach zum Rücken. Sie fährt mit dem Zeigefinger unter den Saum des Badeanzugs und hebt ihn aus der geröteten Rille, die er in ihr Gesäß gedrückt hat. Weißt du, wie es ist, wenn du mit einer Frau, die du einem anderen entführt hast, plötzlich allein bist, plötzlich auf einer weiten Reise allein mit einem Menschen, den du im Grunde kaum kennst und der nur als Gegenstand des Raubs unwiderstehlich erschien, jetzt aber, wo er dir anhängt, unausweichlich neben dir bleibt bei Tag und bei Nacht, mit erdrückender, ernüchternder Gewalt sich als fremde Person enthüllt? Das schlechte Gewissen, das du gegenüber dem Beraubten hegst, hat nun freie Zeit und Raum genug, um sich zu einem quälenden Gespenst aufzublähen. Die Kaltblütigkeit, die hingegen sie an den Tag legt, offenbar frei von jeglicher Erinnerung und Sorge, läßt sie in deinen Augen plötzlich häßlich erscheinen, ja mit den Skrupeln hat sie für dich auch Schönheit und Anmut verloren, und du findest sie häßlich, weil sie dir blindlings folgte und dafür einen anderen beinahe tödlich verletzte. Aber daß sie es nur tun konnte, weil sie dir rücksichtslos angehören wollte, die einzige Legitimation für ihre Grausamkeit gegen den anderen, gerade das empfindest du als ein Versagen, einen schweren Defekt ihres weiblichen Gespürs, das sie nicht davor warnte, daß die ganze Passion im Raub selber beschlossen und mit ihm wieder vorüber sein würde. Wer also von den beiden hat sich ärger verfehlt? Sie, deren Ahnung, deren Unbewußtes so kläglich versagte – oder er, der bei höchstem Bewußtsein das Spiel der Reize so weit trieb, daß es in die Gedankenlosigkeit einer Tat, einer Handlung, einer plötzlichen Reise mündete?‹

›Ach, lieber Aminghaus‹, seufzte er unvermittelt, ›deine Celia ist natürlich für nichts zu tadeln, sie ist wunderbar, heute an deiner Seite genauso wie damals neben mir im braunen Sand der Vulkaninsel. Aber, du verstehst?, sie gelangte mir einfach zu *plötzlich* in die Hände. Eben noch war ich unglücklich verliebt in ihr zierliches Handgelenk, über das der schmale Goldreif fiel, als sie mir im Haus ihres, ach, allzu schwachen Freunds den Tee eingoß. Was hätte ich nicht dafür gegeben, es einmal flüchtig mit den Lippen berühren zu dürfen! Und kaum eine Woche später spürte ich nachts beides, Goldreif und Handgelenk, als Alb auf meiner Brust, wenn ich schlaflos die Stirn zur Decke wandte und der ausgestreckte Arm der flötend atmenden Celia auf mir ruhte. Weißt du, wie es ist, mit der intimen Unbekannten zum ersten Mal das Hotelzimmer zu teilen? Was bedeuten schon Umarmungen, geheimste Körperberührungen gegenüber der Physis kleinster Gewohnheiten, Eigenheiten, Unarten, mit denen der andere seinen furchtbaren Alltag um uns ausbreitet? Wer geht zuerst ins Bad? Das Fenster nachts geschlossen oder halbgeöffnet? Wo bleibt noch Platz unter dem Spiegel zwischen so vielen Cremes und Lösungsmitteln für ein einfaches Rasierzeug? Weshalb liegen ihre Kleider verstreut über den ganzen Raum? Ist sie liederlich oder gar ungepflegt? Die Bürste mit dem ausgekämmten Haar könnte längst gesäubert werden. Die Toilettengeräusche, der Schmutzrand in der Badewanne, das alte Rod Stewart-Foto auf der Rückseite des Weckers, der geschmacklose Kunstlederbeutel mit den Klammern und Wicklern, dies alles versetzt zurück in jene, ich möchte sagen, natürliche soziale Befangenheit, mit der sich Menschen vor und nach dem Geschlechtsgenuß zueinander verhalten. Denn nirgends verlieren wir unsere gesunde zwischenmenschliche Vorsicht so gründlich wie in der abrupten geschlechtlichen Begegnung. Sie war eine Wahl, plötzlich und unbesonnen, wie manch andere früher schon; keine besonders falsche Wahl, nur hatte ich die Physis dieses Menschen und ihre Wirkung auf mich unterschätzt. Der ununterbrochene Geruch der zu mir Verführten, der ausweglos Beigesellten, ihr dumpfes Bleiben quälten mich, ja trieben mich zuweilen in Angst- und Wahnzustände. Ich suchte zunächst ihrem Anblick, ihren Worten zu entgehen, indem ich Zahl und Heftigkeit unserer Umarmungen steigerte; ich hoffte, eine anhaltende, sich selbst erneuernde Begierde zu erlangen und besinnungslos sie nicht anders als nackt und absolut nackt zu spüren. Doch der Katzenjammer holte mich immer wieder ein, er vermehrte die innere Ausscheidung meiner Abwehrstoffe, die Pedanterien des physischen Argwohns wurden mir selbst unerträglich, die Phantasien des Überdrusses nahmen blutige, mörderische Züge an. Immer wieder versuchte ich, mir die Bewegung und das Ebenmaß ihres Rückens, den Liebreiz ihres Gesichts, alles, womit sie mich anfangs betört hatte, ins Gedächtnis zu rufen, versuchte das leuchtende *erste Mal* vor mich hin zu buchstabieren, aber es ließ sich sein Sinn nicht wiederherstellen. Schließlich begann ich mit künstlichem Überschwang nur von mir selbst zu erzählen, ich redete manisch, redete mir einen Vorhang vors Gesicht, nur um sie nicht weiter beobachten zu müssen, und auch: um nicht sie reden zu hören.

Aber es war erst der vierte Tag unseres Aufenthalts! Mein Gott, erst der vierte Tag! Und noch bald drei Wochen lagen vor uns. Man konnte von diesem entlegenen Eck der Insel nur einmal wöchentlich mit einem Boot zur nächstgrößeren Stadt und zum nächsten Flugplatz gelangen. Doch stets kurz vor dem verheißenen Donnerstag, an dem ich heimlich verschwinden wollte, hielt mich irgend etwas an ihr fest (sie hielt ohnedies alles an mir, sie empfand nichts vom großen Befremden...) oder eine geringfügige Besserung meiner Idiosynkrasie setzte ein und damit die Hoffnung, der stickige Nebel ihrer Anwesenheit würde doch noch aufreißen und mir ihre reine Nacktheit offenbaren, all unsere vertuschenden Berührungen würden sich zu hellem Vergnügen läutern.

Sie fing an zu stricken. Es regnete oft in Strömen, und wir verbrachten den halben Tag auf unserem engen, düsteren Hotelzimmer. Ich sah ihr zu hohes Brustbein. Ich zählte Rötungen und Leberflecke auf ihrem Rücken. Ich weiß noch, wie mir übel wurde, wenn sie nachts aufstand, um einen Riegel Schokolade zu verschlingen. Wie haßte ich diese verirrte, verstohlene Lüsternheit, diese blöde Genüßlichkeit außerhalb des Betts! Woher kam ihr nur diese unerschütterliche Geborgenheit inmitten unseres Verhängnisses? Nein, sie wußte nichts, ahnte nichts, aber alle Zeichen, die sie absonderte, die wußten Bescheid. Ihre kleinen Handlungen waren weitaus klüger als sie. Wann – wann endlich, in welchem Augenblick würde sie es selber merken: daß dies hier nicht ihr Glück ist? Ich lauerte dem Zeitpunkt entgegen, da sie es aufgeben würde, mich hilflos mit ausgestellter Hüfte anzulocken, da sie eines Morgens endlich krumm, mit niedergestemmten Armen auf dem Bettrand säße, ihre Lippe kaute, die Haut eingefallen wie ein Weiher im trockenen Sommer, ihr Auge kahl und blaß vor Ernüchterung... Oh Celia! Welch ein Schinder, welch stiller Unmensch bin ich durch dich geworden! Ich sprach es nicht aus, doch unter meinem Schweigen stauten und stapelten sich Hunderte von Infamien, und die leeren

Umarmungen, die immer heftigeren Schläge meines Leibes gegen den ihren waren ein einziger Wille zur Mißhandlung. Sie aber sagte: ‚Ich bin sehr gern mit dir.' Oder: ‚Es ist trotz allem schön mit dir.'

Trotz allem? Nun ja. Ich ließ nichts aus. Zeitweilig verdächtigte ich sie, mich zu bestehlen. Ich war wie versessen darauf, irgendeinen abgründigen Defekt, eine üble Machenschaft an ihr zu entdecken, die mir einen handfesten Grund gegeben hätte, sie vor die Tür zu werfen. Ich wühlte ihre Sachen durch und suchte in ihrem Gepäck nach den vermißten fünfhundert deutschen Mark. Ich stellte sie zur Rede und beschuldigte sie wie eine Dirne des Diebstahls. Sie war tatsächlich einen Augenblick wie vor den Kopf geschlagen und wich mir aus. Ich glaubte mich schon am Ziel, nahe dem krönenden Abschluß all meiner Entlarvungen und Verdächtigungen, als sie zwischen zwei Handtüchern, ein Versteck, das ich selbst gewählt, jedoch vergessen hatte, die Geldscheine hervorzog. Das Ganze führte nur dazu, daß ich ihr mit all meiner Schäbigkeit und dem gescheiterten Versuch, die wahre, die schandbare Fremde in ihr zu entdecken, erst recht umarmenswert erschien und sie sich mit einem wilden, überlegenen Verlangen an mir erfreute.‹

›Nein, Friedrich – so versuchte der infame Erzähler mich zu beruhigen! – das war nicht die Frau, die jetzt an deiner Seite lebt, die deine großzügige Liebe zu einer stolzen, schönen Dame formte. Sie war eine ganz andere, ein furchtbar junges unbewußtes Geschöpf, wirbellos hingeringelt, schillernd in Gedankenfaulheit und Sinnenlauer. Ja, sie war eine andere, auch wenn sie den gleichen Namen trug, auch wenn unsere Begegnung ihr ins Leben eingebrannt bleibt wie ein Teufelshuf.

Aber kannst du dir auch vorstellen, wie *mir* zumute war? Kannst du wenigstens einen Deut nachempfinden von diesem Frosthieb der falschen Nähe: die vollkommen Unerwählte liegt bei dir und streckt sich ungerührt in dein

Leben aus? Das war nicht mehr die zufällige, lästige Person, von deren unpassenden Eigenarten man sich durch allerlei körperliche Genüsse ablenken konnte, es war die rundum Ungeliebte, deren Stellung sich weder durch dein eigenes noch durch ihr Verhalten je würde verbessern lassen. Im Gegenteil, sie sank, sank von Anblick zu Anblick... Das war zuletzt nur noch die Küchenhilfe, die in einer Autobahnraststätte die Pappteller mit Currywurstresten vom Tisch sammelt und mit einem übelriechenden Spültuch die Resopalplatte abwischt, trauriges Ungeheuer, das mit schlurfenden Schritten und aufgelösten Haarsträhnen faul seinen Dienst bestellt, das man nicht einmal mit einem Trinkgeld bedenkt, ja das nicht einmal über den *Blick* eines trinkgeldgewohnten Geschöpfs verfügt... Eine Kreatur war sie, die armseligste und im Dumpfen aufsässigste, die sich nur denken läßt, eine, die du durch nichts abweisen und aufhalten kannst, die dir aufs Hotelzimmer folgt und sich weigert, es wieder zu verlassen, die sich wimmernd im Teppich einrollt, wenn du sie in äußerster Wut zu schlagen beginnst und die du schließlich unter Flüchen und Tritten aus dem Teppich hervorzerrst, mit beugender Faust im Nacken faßt, um schließlich ihre Stirn mehrmals und mit letzter Gewalt auf den Waschbeckenrand zu stoßen...‹

›Halt! Halt!‹ schrie ich da, außer mir vor Scham und Grauen. Ich schrie ihn einfach nur an, haltlos, so wie man durch furchtbares Gebrüll einen angreifenden Hund zu verjagen sucht. Vielleicht wäre es meine Pflicht gewesen, diesem Mann auf der Stelle an die Gurgel zu gehen und ihn niederzuschlagen. Aber ich sah ihn ja, während er erzählte, ich sah ja: er war selbst nur ein heilloser, entsetzter Mensch. Ich war mir – so weit hatte es dieser Unselige gebracht! – im unklaren, was einen tieferen Ekel und Schock in mir ausgelöst hatte: Celias ›Vorgeschichte‹, die gemeine Berührtheit meiner Frau oder der Wahn der Indezenz, mit der dieser Jens, der bis dahin immer nur scherzende Tartanbahnkamerad, sie in mich hineingebohrt hatte. Ja, schlimmer noch, in diesen Augenblicken verschmolzen mir die *beiden* zu einem innigen Paar Feinde: nach dieser grausamen Erzählung waren sie für mich unzertrennlich geworden.

Ich ging zu Celia nach Hause und erzählte ihr, fassungslos und konfus wie ein verprügelter Knabe, alles, was ich soeben von Jens erfahren hatte. Ich spürte, während ich sprach, wie ich immer schwächer gegen die Worte und Beschreibungen des anderen wurde, sie hilflos übernahm und selbst seine abschätzigsten Blicke, sein krankhaftes ›physisches Bewußtsein‹ nach und nach mir zueigen machte.«

Hermetia hatte ohne äußere Anzeichen der Mißbilligung der Geschichte zugehört. Sie beugte sich nun vor, setzte die verschränkten Arme auf die Knie und fragte mit gespielter Nachdenklichkeit, wie Friedrich es eigentlich über sich gebracht habe, diesem falschen Freund so lange Gehör zu schenken und sich so ausgiebig quälen zu lassen? Sie merkte auch an, daß der Gedemütigte in dieser Geschichte zuletzt selbst in die Rolle des Demütigers geschlüpft sei, um dieselbe Frau, Jahre später, noch einmal mit dem gleichen Abscheu und der gleichen verängstigten Verächtlichkeit zu überschütten, so daß aus den vereinten Männergespinsten am Ende eine wunderlich unschuldige Celia hervortrete.

Sie hörte nicht mehr recht auf Friedrichs Antwort (der Einwand, daß dort, wo der Körpergeist in Verwirrung gerate, man schlecht nach herkömmlichen Begriffen von Schuld und Unschuld urteilen könne; und daß, solange jemand zur ›reinen Nacktheit‹ strebe, er ohnehin mit keiner menschlichen Haut je glücklich würde) – Hermetia suchte die Zeit seiner Ausrede zu nutzen, um sich ihrerseits auf die Abfassung einer Geschichte zu besinnen, die sie sogleich der Kette der Demütigungen angliedern wollte. »Auch wenn es deiner Eitelkeit nicht schmeichelt, liebster Friedrich, jedoch die Geschichte der Celia ist noch nicht ganz zu Ende. Jedenfalls hört sie nicht dort auf, wo du aus ihr ausgeschieden bist. Denn weder an dem unreifen Herrn am Azorenstrand, an dem bedeutungslosen Abenteuer, das sie als junge Frau sich gestattete, mußte die schöne und gewissenhafte Celia verzweifeln noch etwa an dir, der du der Herzlosigkeit des anderen nur nacheifertest. Vielmehr sollst du nun erfahren, daß es, nachdem ihr auseinandergingt, nicht sehr lange dauerte, bis sie jenem Mann begegnete, der für ihr weiteres Leben eine tiefere Bedeutung erlangte als alle anderen zuvor. Denn dich mit deinen damals noch kindischen und überspannten Affekten hatte sie sozusagen kopfschüttelnd von sich getan und sehr schnell vergessen. Diesen Mann aber vergaß sie nie. Ja, auch er hatte sie gedemütigt, und vor allem in den späteren Jahren, vom beruflichen Ehrgeiz aufgerieben, lebte er an ihr vorbei bis zur Mißachtung ihrer Person. Als sie es nicht mehr ertrug und ihn allein ließ, war sie wohl immer noch eine schöne Frau, doch nun reichte die Verletzung tief. Zuweilen hielt sie sich jetzt für die geborene Verliererin. Irgend etwas an ihrem Wesen, davon war sie inzwischen überzeugt, reizte Männer, sie zu verletzen. War es die auf Erden so seltene Verbindung von Schönheit und Güte, war es ihre innere und äußere Wohlgestalt, die andere insgeheim beunruhigte und die beinah magisch ein Übermaß an männlicher Häßlichkeit, Bosheit und Zerstörungslust heraufbeschwor? Man sagt leichthin, die Bestimmung einer solchen Person sei es nun einmal, stets und zwangsläufig an den Falschen zu geraten. Aber sieht man denn nicht, daß sie, die wirklich Leidtragende, in einer redseligen und schwindelhaften Welt anderen die Schmerzlast abnimmt? Eine solche Seele ist tiefer zur Erde gehörig als die meisten anderen, die auf ihr immerzu ausweichend dahintreiben, ohne je ein festes Wort einzugehen, und deren viele lose Worte schließlich auch ihr Gewissen und ihren Verstand auflösen.

Nun, es vergingen wieder einige Jahre, doch eines Tages gab es ein Wiedersehen mit dem Mann ihres Lebens. Davon will ich nun berichten, und damit du besser verstehst, von welcher Art diese Begegnung war, werde ich gleich mit einer Szene beginnen, die beklemmend genug ist, um dir die ernste Bedrängnis des Mannes bei dieser unerwarteten Rückkehr vorzustellen. Du siehst also deine einstige Celia vor der weißen, kahlen Zimmerwand in der Wohnung des immer noch ledigen Anwalts auf- und abschreiten, sich den Rücken an der Mauer scheuern, hörst sie erregt eine gemeinsame Zeit, die weit vergangen ist, hervorrufen und die Fehler und Verfehlungen eines Menschen, den sie längst verloren hat, endlos aufzählen und beklagen. Eine Frau, die aus den tiefen, düsteren Schächten ›dieser ganzen verdammten Zeit, dieses ganzen verdammten Damals‹ den trokkenen Moder heraufbefördert und auswirft, ihm wieder gegenüber, endlich, jetzt und jetzt erst fassungslos; die eine Abrechnung hält, für die sie über Jahre hin ihre Leidenschaft aufgespart hat. Sie, der nichts vergeblich erscheint, die um jeden Faden, an dem dies Damals hängt, kämpft, als wäre es heute noch zu retten; und er, dem dieser wiederaufgenommene Prozeß doppelt vergeblich erscheint, da er des Damals wie des Heute mit ihr gleichermaßen müde ist, im stillen aber versöhnt mit dem, was war, wie auch mit dem, was versäumt und verfehlt wurde. Er nun, Anwalt von Beruf und erfolgreicher Streiter vor Gericht, schwieg vor diesem absurden Tribunal der Erinnerung oder, besser gesagt: der erregten unerschöpflichen Vergegenwärtigung, mit der sie dies schwere Damals wie jenen berühmten Felsbrocken immer wieder über den Rücken der Jahre emporzuwälzen suchte, ohne doch je über den Kamm hinauszukommen und sich in der lebendigen Gegenwart ihrer Last zu entledigen. Er fühlte sich in keiner Minute wirklich als

Angeklagter, eher schon als das Opfer eines pedantischen, gänzlich nutzlosen Aufklärungswahns.

›Du hast es nicht für nötig gehalten, mich am Abend des 6. Juli 1973, am Abend meines zweiten Examens aus Brüssel anzurufen! Warum?! Du hast dich nicht erkundigt... Am 18. Mai 1975 vormittags wollten wir gemeinsam Potsdam besuchen. Ich wurde an der Grenze zurückgehalten, da ich versäumt hatte, meinen Ausweis zu verlängern. Du hast mich mit dem Taxi zurückfahren lassen und bist allein nach Potsdam gereist. Warum?!... Was hast du dir dabei gedacht, als ich dich fragte, Ende 78, ob du deiner Frau bei diesem plötzlichen Wintereinbruch nicht einen wärmeren Mantel kaufen solltest, und du antwortetest: ‚Ich kann dir keinen Pelzmantel schenken, Celia'?‹

›Wir waren damals nicht sehr wohlhabend‹, wagte er hier einzuwenden.

›Aber jetzt, jetzt bist du reich. Und auch ich brauche mir keine Sorgen zu machen, und die Frage nach dem Pelz stellt sich nicht mehr, es stellt sich eine ganz andere Frage –‹

›Celia, laß es doch gut sein‹, bat nun der Beschuldigte. Und dieser Satz war nicht nur sein einziger, schwacher Versuch, sie zu beruhigen, er war im Grunde auch alles, was er noch zu ihrer beider Geschichte zu sagen hatte. Er wiederholte ihn in gewissen Abständen, mal mit einem Seufzer, mal ohne, aber immer recht leise und mit einer zunehmend versöhnlichen Erinnerung an jene Zeit, über die sie Gericht hielt.

Dabei war sie es gewesen, die zunächst wehmütig gelächelt hatte... ‚Ein Wiedersehen auf den ersten Blick!' hatte er gesagt, als er am Morgen in die U-Bahn gestiegen war und sie auf Anhieb entdeckte trotz des dichten Gedränges und der vielen fremden Gesichter zwischen ihnen. ‚Celia!' rief er voll Freude und bahnte sich den Weg zu ihr. Am Morgen waren die Straßen vereist, es hatte über Nacht geschneit, und er beschloß, mit den öffentlichen Verkehrsmitteln zu seiner Kanzlei zu fahren. Celia behauptete inzwischen natürlich, sie hätte ihn zuerst gesehen, schon draußen auf dem Bahnsteig. Sie war für ein paar Tage in der Stadt, um an einer Seerechts-Tagung teilzunehmen. Sie verabredeten sich für den Abend, und Bernhard verbrachte in der Vorfreude einen leichten, kurzen Arbeitstag.

Als sie zusammen aßen, stellten sich alle Begleitzeichen eines Flirts ein, so wie man sich zuweilen bei gemeinsamen Erinnerungen verlegen wiederverliebt. Nur daß sie sich auffallend viele Kleinigkeiten von ihm gemerkt hatte, störte ihn ein wenig, und er sah ungern ihr schönes gerades Gesicht, wenn sie die linke Augenbraue ironisch anhob und den falschen Tiefblick bekam. Er hatte sie nach dem Essen gebeten, mit ihm nach Hause zu kommen. Er verspürte ein nicht allzu heftiges, doch wohltuendes Verlangen, sie in die Arme zu nehmen, nur aus Gründen der Erinnerung.

Dies wurde der Beginn. Schon bei der ersten Berührung schien sie wie verwandelt. Ein gewaltsames Drängen ging von ihr aus. Augenblicklich zerriß die Heiterkeit und das feine Lächeln, das sie wieder zusammengeführt hatte. Sie klammerte sich um ihn und küßte ihn mit offenen Zähnen. Er wollte sich losmachen und sie zu Bett führen, doch sie befahl: ›In allen Räumen, nicht in deinem Bett!‹ Sie streifte die Kleider ab und stand nackt vor der kahlen, weißen Wand des Flurs. Sie breitete die Arme aus, spreizte die Finger, als wäre die Mauer hinter ihr die Grenze ihres Reichs, ihres Besitztums, das sie beschützen müsse. Da dies Bild ihm seltsam und befremdlich war, mußte er ein wenig grinsen, doch sie gab ihm sogleich die kalte Anweisung: ›Nicht lächeln, tun!‹ Er wollte mit einem Wort der Liebkosung beginnen, doch sie fuhr ihm über den Mund: ›Keine Verständigung, Gewalt!‹ Sie ließ sich mit dem Rükken an der Wand niedergleiten und öffnete die Knie.

Sie hatten sich am späten Vormittag verabschiedet, schlaftrunken und ohne recht zur Besinnung gekommen zu sein. Sie wollte noch ein wenig bleiben, sich ein Frühstück machen, er mußte eines Gerichtstermins wegen eilig aus dem Haus.

Als er am frühen Abend zurückkam, war Celia immer noch da. Sie hatte sich nicht einmal angezogen, sondern saß im Morgenmantel vor dem Fernsehapparat. Sie stand auf, küßte ihn und holte aus der Küche eine Schüssel Salat, die sie für ihn vorbereitet hatte.

In diesem Augenblick, den Bernhard in seiner Übermüdung wie eine Art Entrückung erlebte, schien alles wie früher, als wären die Jahre seit ihrer Trennung einfach ein Zeittrug oder ein Traum gewesen. Aber so blieb es nur für wenige Minuten, in denen er sich sonderbar ‚abgerundet' und wie verjüngt fühlte. Dann begann wieder dies andere Kapitel. Die Frau suchte sich eine neue Stelle vor einer der kahlen, weißen Wände, diesmal in seinem Arbeitszimmer, und begann aufs neue hin- und herzugehen. Ging wieder auf Erinnerungsjagd. Begann wieder mit den furchtbaren Worten: ...›um noch einmal darauf zurückzukommen, was damals so alles passiert ist‹...

Und sie schloß nicht vor dem nächsten Morgengrauen und schloß dann mit dem Satz: ›Du siehst jetzt die Welt, in der *ich* lebe; mehr ist mir nicht bewußt, eine Welt der Kränkung.‹

›Was soll denn nun geschehen?‹ fragte der erschöpfte Angeklagte. ›Was soll ich tun, um dich von dieser, wie du es siehst, greulichen und verfehlten Vergangenheit zu befreien? Willst du etwa wiederkommen und mit mir leben?‹ Die Frau ging ins Bad, zog ihre Kleider an und schminkte sich. Dann schritt sie zur Haustür, und er folgte ihr.

›Dies war mein erster Besuch‹, sagte sie, ›ich werde sicher wiederkommen, wenn ich mich erst an alles andere genau erinnern kann.‹

›Laß es doch gut sein, Celia‹, sagte nun schon sehr traurig und flehentlich der Rechtsanwalt, der im vergangenen Jahr auch seine Zulassung als Notar erhalten hatte.

›Ich werde sicher noch einige Male wiederkommen, bis alles gesagt ist.‹

›Und dann?‹ fragte er müde und hilflos.

›Erst dann kann ich dich töten. Wenn du alles gehört hast.‹

Jetzt lächelte sie und wieder so wehmütig wie anfangs beim ‚Wiedersehen auf den ersten Blick' in der U-Bahn. ›Doch es wird noch einige Zeit dauern, die Mühlen meiner Erinnerung mahlen langsam.‹

›Sie zermalmen alles, ja!‹ rief Bernhard in einer Aufwallung von schmerzlichem Zorn. Aber dann auf einmal, wie seltsam!, beruhigte es ihn, was sie soeben angekündigt hatte. Das Tötungsversprechen, das sie ihm gegeben hatte und an dessen Ernst er nicht zweifelte, überantwortete die sinnlose Unausweichlichkeit seines Endes an ein erkennbares Gesetz, an eine gestaltete Zeit. Es würden, bis alles gesagt ist, was gegen ihn vorzubringen war, seine Jahre in Ruhe abgelaufen sein. Das Wort klang ihm daher eher mildtätig als grausam nach, und er fühlte sich dieser stolzen und unglücklichen Frau endlich zugehörig und war von einem rätselhaften Gehorsam beseelt.

›Aber!‹ rief er, als sie sich zum Gehen wandte, ›wir sind uns doch ganz und gar zufällig wiederbegegnet! Du kamst in die Stadt und hast mich nicht einmal angerufen, und jetzt gehst du, als wäre alles nach *Plan* verlaufen –?‹ ›Oh‹, erwiderte sie und drehte sich noch einmal um, ›ich hätte dich bestimmt nicht angerufen. Ich wollte dich gar nicht sehen. Ich war ja noch längst nicht soweit... Doch dies zufällige Wiedersehen hat mich nun ein gutes Stück vorangebracht. Zufall ist immer nur Zeitgewinn. Diesmal für mich.‹ Jetzt schien zum ersten Mal in diesem Revisionsverfahren sie die versöhnlich Gestimmte, als sie nun ging und ihn grüßte.«

»Es gibt immer eine Wiederkehrende«, räsonierte der Leser ein wenig unwillig, da die Erzählung vom weiteren Schicksal seiner früheren Geliebten nicht eben beflügelnd auf seinen Körpergeist gewirkt hatte. »Es gibt immer eine, die sich auf die Suche nach dem zweiten Mal begibt. Die eine kommt, ›nur um ein wenig auszuruhen‹. Die andere, ›nur um ein wenig Rache zu nehmen‹. Bei einer Dritten geht der Reigen immer wieder durch das Feuer des Anfangs, und sie kehrt in den regelmäßigen Abständen der Enttäuschungen zu ihrem Ersten zurück. Eine Vierte schließlich kommt, um etwas Ungeklärtes, das sich in der Mitte der gemeinsamen Geschichte befindet, endlich aufzudecken. Irgend etwas Unverstandenes erweckt auf einmal ihre Unruhe, und sie glaubt sich nun mit den Jahren dem Begreifen nähergerückt. Aber was ist es, dies Ungeklärte? Es besteht ja selbst aus nichts anderem als aus den vielen Jahren, die vorüber sind, und aus dem Lächeln, mit dem man zurückblickt, wenn man sich wiedersieht. Mehr ist es nicht, und nur das suchen wir eigentlich: das gewinnende Lächeln über die verlorene Zeit.

Doch, liebste Hermetia, hier in unserem zielstrebigen Gegenüber, jetzt, einander bevorstehend, wird uns jedwede rückwärtige Sehnsucht fremd und widrig. Der Verliebte und der Verlangende ist schlechthin erinnerungslos. Weder Wehmut noch Verlustgefühl vertragen sich mit seinem schnellen, voreiligen Blut. Daher bitte ich dich: fahren wir fort, uns Bilder und Szenen einer abrupten und augenblicklichen Nacktheit zu entwerfen! Laß uns Figuren wählen, die nicht allzu schwer an ihrer Vergangenheit schleppen. Entkleiden wir sie gewaltsam ihrer Geschichte! Lassen wir ihre traurige Seele nicht mehr sein als die Träne am Phallus! Ja, diese möge uns schließlich als Wahrzeichen dienen, Wahrzeichen für unsere erzählerischen Begierden in den Stunden der leiblichen Entbehrung und Enthaltsamkeit. Denn was suchte seit je die erredete Schamlosigkeit anderes zu sein als Mythologie des verbotenen Augenblicks? Plötzliche Szene, entleertes

Gesicht, abgestreifte Person, Erblicktes in zeitlosem Schreck!

Außerdem, meine Schöne, befindet sich der Mann, der dir gegenüber sitzt, mittlerweile in einem Alter, da ihn das Schwirren des Liebespfeils oft in höhere Erregung versetzt als sein endliches Eintreffen. Ich meine, er hat nun jene Jahre erreicht, in denen Exerzitien einer Verhinderung und Aufsparung das geeignete Mittel sind, um seine verbrauchten Freuden wieder aufzufrischen und den real allzu nahen, allzu greifbaren weiblichen Körper gebührend zu entrücken. Mir scheint, nur auf dem Umweg der gewagten Abstraktion schmilzt die festgefrorene Erfahrung wieder zu neuem Wunsch und neuem Ahnen. In mir jedenfalls löst keine noch so lüsterne Abbildung Begehren aus. Ich bin stumpf geworden gegen figürliche Ansichten und gleiche darin dem Talmudlehrer, der allein in der Schrift der wahren Verheißung, der wahren Verlockung begegnet. Ja, ich muß bekennen: meine herrschsüchtige Mitte dient inzwischen als aufmerksame und fügliche Magd meinem Geist, nachdem sie zweifellos ihre stärkste Zeit als dessen Herausforderin oder gar Widersacherin zubrachte. Ich bitte dich also: lassen wir nicht nach in unserer Annäherung an das große Gegenstandslose! Steigern wir die erredete Erregung, bis wir ihre süße Qual nicht mehr ertragen! Berühren wir einander mit kunstgerecht ausgesprochenen Schamlosigkeiten, als wären sie Hände oder Lippen und führen entdeckend über unsere Körper. Gestern, um gleich ein Beispiel zu geben, als ich dich den ganzen Tag über schmerzlich vermißte, suchte ich dies Vermissen erst recht auszukosten, indem ich mich auf die unwürdigste und unerfüllteste Begebenheit einließ. Es begann damit, daß ich am Vormittag mehr in Gedanken an dich als an die banale Besorgung, die ich zu erledigen hatte, ein Elektrogeschäft betrat, hinter dessen Ladentisch mich eine junge Verkäuferin mit langem blonden Nackenzopf empfing und mit unerklärlicher Freude anstrahlte. Ein winziges Schaltteil in meinem Radiowecker funktionierte nicht, und ich wollte es prüfen lassen. Das Mädchen nahm das Teil heraus und hielt es zwischen ihre Brüste, die ein olivgrünes Polohemd eng umhüllte. Sie las auf der Rückseite eine Anweisung in so pulverfeiner Schrift, daß mein Auge sie nicht mehr entziffern konnte. Sie kratzte mit ihrem langen, blutrot lackierten Nagel auf dem Plättchen. Mir schrumpfte die Haut, ich spürte auf einmal diesen spitzen Fingerschnabel, der in die empfindliche Kluft meiner aufgerichteten Mitte stach, und zuckte unter eingebildetem Schmerz zusammen. Doch sie lehnte sich nur runder vor und sagte: ›Sehen Sie: hier waren die Kontakte unterbrochen.‹ Ich beugte mich ebenfalls vor, um zu erkennen, was sie mir zeigen wollte. Da senkte sie ihre weiche Gestalt gegen meine Stirn und mein Gesicht. Ohne noch aufblicken zu können, legte ich die Hand in ihren Nacken, faßte sie unter dem Zopf und zog sie auf den Ladentisch, der mit einer altmodischen dunkelbraunen Gummiplatte belegt war. Ich verspürte ein mächtiges Bedürfnis nach physischem Begreifen in meinen Händen, ich wünschte diesen Leib Zoll für Zoll zu fassen und zu umspannen. Während meine Hand packte und drang und langsam hinunter zu ihrer Fülle streifte, sie wie Ballen roher Seide umrundete, hörte ich sie, die sich auf dem Rücken dehnte und hob, hervorstoßen, daß sie gestern die Aufnahmeprüfung zur Gesangsschule bestanden habe und einfach nicht wisse, wohin mit ihrem Glück und diesem Drecksladen nun endlich bald Ade sagen dürfe. Wir umschlangen einander auf dem Tresen, doch sie hörte dabei nicht auf, von ihren Aussichten zu sprechen, von der herrlichen Zeit, die für sie anbrechen werde. Sie wehrte sich schließlich, unsere Berührung bis zum Ende zu genießen. Sie bat mich vielmehr, sie nach Ladenschluß auf ihr Zimmer zu begleiten und dort ›das Ganze in Ruhe‹ zu Ende zu führen. Nun trug ich zweimal schwer an unerlöstem Aufschub: an dir in Gedanken sowie an der unterbrochenen Begebenheit, die mich an Nerv und Gliedern schmerzte. Dies wurde für den Rest des Tags eine reichlich unbequeme Last, ja sie wurde sogar noch einmal vergrößert, als ich am Abend der Verkäuferin auf ihr Zimmer folgte, in dem sie zur Untermiete wohnte, und dort für mehrere Stunden still neben ihr vor dem Fernsehschirm ausharren mußte. Um keinen Preis durfte der Auftritt eines gewissen Jaroslaw, ihres Gesangslehrers nämlich, versäumt werden. So starrten wir bewegungslos in die gleiche Richtung, ohne uns nur einmal in dic Augen zu sehen. Ich dachte an die erlesenen Prüfungen des Tantra, wenn die Geliebten zwei oder mehrere Nächte miteinander im selben Zimmer verbringen, ohne sich zu vereinigen, um die Lust ins Unermeßliche zu steigern. Dementsprechend legte ich mir auf, von nun an bei jeder Begebenheit, die mir zustieße, meine Kräfte zu sparen, sie nur immer höher anschwellen zu lassen, um schließlich eine nie erreichte Pracht in deine Obhut zu übergeben. Wir saßen also keusch, beide jedoch in äußerster Bereitschaft, übereinander herzufallen, vor dem Film, dieser scheußlichen, endlosen Oper, bis plötzlich Jaroslaw erschien, winzig und fern noch in einer Totalen, doch die Verkäuferin und angehende Sängerin erkannte ihn sofort, ergriff mit einer herzlos-praktischen Hand meine Höhe und rief: ›Dort ist er! Nun komm, schnell!‹ Ich rutschte auf den Knien unter sie, so daß sie über meine Schulter den Bildschirm verfolgen konnte. Sie hob ihre dünne Wäsche und glitt auf meinen federnden Schaft. ›Warte, bis er richtig ins Bild kommt‹, sagte sie und hielt auf halber Strecke an. Ich mußte meinen Atem bezwingen, die Woge glätten und lenkte meinen Geist nach altem Vorbild auf den steinernen Ast, an dem urgemächlich die Schnecke emporkriecht. Dann aber, als der nächste Schnitt ihn in Großaufnahme zeigte, bestürmte mich ihre herrliche Fülle mit solcher Kraft und Eile, daß ich um den Erhalt des großen Bleibenden zu fürchten hatte. Doch zum Glück war Jaroslaw sogleich wieder aus der Handlung verschwunden, er hatte nur einen sehr kurzen Auftritt als einer unter vielen Verschwörern gehabt. Sie aber hatte ihn gesehen, ihn sogar schon erkannt, als er im Hintergrund noch kaum zu unterscheiden war, und ich durfte es sein, an dem sich ihre ganze Sehnsucht entlud und der ihr standhielt, während sie über meine Schultern hinweg ihre Blicke verströmte, bis das Bild des Sängers in ihren geweiteten Pupillen verschwamm.«

»Gut, gut...«, murmelte Hermetia und hob die Hand, um einen Augenblick Schonung zu erbitten. Und Czech klopfte mit den Fingerknöcheln der geballten Faust auf der Sessellehne herum: er sann seit längerem auf eine Geschichte, mit der er zur allgemeinen Abkühlung beitragen könnte. Hermetia legte die Knie übereinander, zog den viel zu kurzen Rock vor, und dabei verengten sich ihre Augen und richteten sich auf Friedrich mit einem kalten strengen Gelüst. »Du hast recht«, sagte sie, »wir wollen nicht zimperlich sein und wollen uns alles zumuten, was unser geplagtes Verlangen nur eben noch ertragen kann.«

Sie nahm eine Zigarette aus der silbernen Dose, die auf dem Glastisch stand und zog sie, wie man es gewöhnlich beim Selbstdrehen macht, an ihrer Zungenspitze entlang. »Da du dich nicht gescheut hast, deinen letzten sinnlichen Aufenthalt auf dem Weg zu mir zu schildern und in unsere Kette einzuflechten, will ich dir hierin nicht nachstehen und dir deine geliebte kleine Hermetia vorstellen, wie sie an einem dunklen Tag am Jahresende allein auf einer Schneewanderung im Gebirge unterwegs ist. Kaum hättest du mich wohl erkannt in der vermummten, winzigen Gestalt vor dem grellen, unermeßlichen Weiß des Steilhangs, an dem ich langsam aufwärtsstapfte. Ich hatte nicht vor, unter dem Abend wieder zurückzukehren, und stieg so weit, bis ich eine schwachbeleuchtete Hütte vorfand, die man mir als Ziel genannt hatte und in der ich übernachten konnte. Vom Tal aus war mir ein junger, kräftiger Mann gefolgt, eine mir ganz unbekannte Person, der ich mich auf meinem Weg nicht entzog, die ich aber auch nicht weiter ermunterte, mich zu begleiten. So blieb er während des langen Aufstiegs geduldig im gleichen Abstand hinter mir. Ich sah nur, daß er in keiner Weise genügend ausgerüstet war und für die eisige Höhe, die wir unterdessen erreicht hatten, eine viel zu leichte Kleidung trug.

Kurz bevor ich in die Hütte trat, bemerkte ich noch, daß er ein Halstuch, das mir in den Schnee gefallen sein mußte, aufhob und an sich nahm. Es mochte noch etwas von meiner Körperwärme enthalten, und er drückte es erst in den Händen und dann an die halb erfrorenen Wangen, während ich bereits in der Hütte verschwunden war und die Tür hinter mir verschlossen hatte. Er blickte nun durch das kleine beschlagene Fenster herein und beobachtete mich, als ich aus den unförmigen Thermohosen stieg und auch sonst alle Kleidungsstücke aufknöpfte und abstreifte, um schließlich nackt vor das Feuer des Kamins zu treten und meine steifen Glieder aufzuwärmen. Darauf begab ich mich zu den vier Männern, die, wie ich wußte, im Hintergrund in ihren zweigeschossigen Betten ruhten und es warm hatten. Ich legte mich nacheinander zu jedem von ihnen und teilte für eine Weile seinen wollüstigen Schlaf. Denn mein eigentliches Ziel war es, den sinnlichen Genuß im Zustand der vollkommenen Leibeserschöpfung kennenzulernen. Unterdessen stand der geduldige Wanderer immer noch draußen und wagte es anscheinend nicht, seine ungläubigen Blicke von der leeren Hülle der Thermohose, die zusammengesunken vor dem Kamin stand, abzulenken und in den vom Feuer unruhig beleuchteten Hintergrund der Hütte zu spähen. Ab und an mußte er sich gegen die Unterkühlung wehren, mußte mit beiden Armen um seine Schultern schlagen und sich mit stampfenden Füßen auf der Stelle im Kreis drehen. Vielleicht ahnst du, wie es zugeht, wenn man in der Kälte immer matter und starrer wird, wenn einem der Frostring in die Stirn schneidet und man nur noch empfindet, daß trocken Blut und Firn gleich riechen. Und wie schnell ist man da bei seinem letzten hellen Gedanken angelangt, wie schnell beim letzten Strang seiner Willenskraft: nur nicht in dieser Eisesnacht ausgleiten und in den Schnee sinken für immer...! So mochte auch der Mann vor der Hütte schon nahe daran sein, daß er vor sich junge Mädchen sah, die zu Ostern in ihren flatternden Röcken auf der Wiese über ihn hinwegliefen, leicht, unsäglich leicht... Da taumelte er auch schon, und wäre ich nicht im selben Augenblick aus der Tür getreten und hätte ihn rasch in die warme Hütte hineingezogen, wer weiß, ob er nicht mit dem nächsten Atemzug das Bewußtsein verloren und sich aufgegeben hätte. Nun schob ich ihn vor den Kamin und brach seine dünnen hartgefrorenen Kleider vom Leib. Zu meiner großen Verwunderung bemerkte ich dabei, daß seine beherrschende Mitte die Qualen der Kälte offenbar ohne jede Beeinträchtigung überstanden hatte. Eilig legte ich sogleich einige feuchte Scheite auf die Flammen und führte ihn, dessen Auge und Mund noch vom Eis bedeckt waren, auf eine schmale Holzbank. Dort setzte ich mich neben ihn und legte meine warmen Hände über seine Wimpern. Als er wieder sehen konnte und meiner gewahr wurde, zog ich meine Beine an und forderte ihn auf, meine Hitze zu nutzen, wie es ihm gut tue, um seine gelähmten Gliedmaßen neu zu beleben. Er lehnte sich steif über meine Knie, umgab mich mit seiner Frosthaut und mitten im dichten Schwalm, unter erregtem Husten, öffnete mich sein rauher Zapfen. Kaum war sein Blut wieder ein wenig erwärmt, wuchs diese Mitte zu ihrer machtvollen Größe auf. Er erhob sich mit mir, die ich mich in der vollkommensten Krümmung um seinen Leib spreizte und wie eine runde Frucht an ihm hing. Während er nun einen Fuß auf die schmale Bank setzte und die kräftigsten Hände meine Fülle massierten, konnte ich, mit dem Rücken auf seinem Schenkel liegend, meine Beine über seine Schultern emporstrecken, mit den Händen seinen Hals umschlingen, so daß ich noch nachgiebiger wurde und er sich noch tiefer in mich vorbeugte und danach strebte, obgleich wir längst eins waren, die Scheide der Scheidung zu durchdringen, die Frucht zu befruchten. Er dachte sich durch mich hindurch – ich dachte mich immer einlassender, noch gewölbter. Er hoffte, die absolute Nacktheit, ich das reine Empfangen zu spüren. Jedoch, Empfangen ist für uns immer ein Holen, ein An-Sich-Reißen gleichsam über den fehlenden Meter hinweg. Und Geben ist dann wohl: sich selbst in den Fluß werfen. So gingen wir beide unerreichbar ineinander über... Und als wir in einem letzten, äußersten Entgegenkommen uns aufbäumten und zusammenzuckten, war jeder auf seiner Seite in den Fluß getaucht und kehrte langsam und stöhnend an sein Ufer zurück...«

Diesmal war es der Leser, der um einen Augenblick der Schonung bat. Der Quell war ihm gefährlich an den Rand gestiegen, und seine pochende Mitte mußte kräftig ›schlucken‹, um ihn wieder zurückzudrängen.

»Du sprichst von den innerlichsten Berührungen deines Leibs, während ich bis jetzt nicht einmal seiner äußeren Schönheit mich nähern durfte. Weder sein Geruch noch seine Haut noch seine Regsamkeit, geschweige denn die Wellen seiner Hingabe sind mir bekannt. Ich empfange aus unserem Abstand vor allem die unsichtbaren Ströme, die er aussendet, und erlebe dich dabei so wechselnd nah und unfaßbar wie nur irgendeine Schöne vor mir an der Kinokasse oder wie das Bankfräulein, das hinter schußsicherem Glas meine Geldscheine hinblättert...«

»Nur zu!« rief Hermetia übermütig, da sie merkte, daß Friedrich mit ausweichendem Reden die nächste Runde im Wettstreit der Versuchungen hinauszögern wollte. »Du bist dran. Setz nur gleich nach! Parier, damit uns keine Spannung verlorengeht!«

Sie warf sich zurück in den Sessel, klappte die Knie auseinander und zog die Fersen überkreuz unter die oberen, schon schwärzlich schimmernden Schenkelmulden. Czech konnte kaum noch an sich halten, es drängte ihn so sehr, die beiden zu unterbrechen, doch den Regeln nach konnte er es nur mit einer Geschichte bewirken. Er biß sich auf den Daumen, denn die ernüchternde Anekdote wollte sich ihm einfach nicht zusammenfügen.

»Um das Erreichte nicht zu gefährden«, ermannte sich nun der Leser, »muß ich wohl auf meine Pause verzichten und werde dich sogleich mit einer nächsten, noch sündhafter genossenen Begebenheit herausfordern.

Vor etlichen Jahren, als ich noch in Amt und Brot stand, verbrachte ich einige Urlaubswochen in der spanischen Provinz Gerona. Ich hatte ein kleines Landhaus gemietet, in das ich mich allein zurückzog, um mich von beruflichen Strapazen und häuslichen Schwierigkeiten zu erholen. Beinah jeden zweiten Abend machte ich mich mit dem Fahrrad auf den Weg ins nächste Dorf, um mit meiner damaligen Geliebten zu telefonieren, die, indem sie zu Haus geblieben war, in mir unerwartet neue sehnsüchtige Empfindungen weckte. Ich stand also wieder einmal in meiner gewohnten Zelle, als auf der gegenüberliegenden Straßenseite jenes rundliche, etwas untersetzte Mädchen sich näherte, das ich kurz zuvor auf dem Rad überholt hatte. Arm in Arm mit ihrer Freundin war sie unterhalb der Dorfkirche auf der Abendpromenade unterwegs, als ich vorbeifuhr und sie deutlich in meinem Rücken die Stimme erhob. Ich klingelte heftig, um ihr Antwort zu geben, obschon ich nicht verstand, was sie rief, wohl aber, wie's gemeint war.

Nun kam sie allein, ich lachte, während ich mit Ria zu Hause sprach, unverhohlen zu ihr hinüber, als sie sich eben auf der Höhe der Telefonzelle befand. Sie stutzte einen Augenblick, unschlüssig, wie sie meine auffordernden Blicke einerseits, mein liebevolles Flüstern an der Muschel andererseits sich deuten solle. Sie wußte natürlich sofort Bescheid: mit wem wird er schon telefonieren, so entbehrend hingelehnt? Sie setzte ihre Sonnenbrille ab, kam über die Straße und kramte Münzen aus der Hintertasche ihrer Jeans, die zwischen den Schenkeln fast weiß gescheuert waren. Sie stand nun neben der Zelle, wartete mit gespielter Ungeduld und schüttelte die Münzen in ihrer Hand. Sie warf mir argwöhnische Blicke zu und schien sich zu fragen, wie weit ich es wohl treiben wollte mit meinem verfänglichen Doppelspiel. Doch ich lachte sie freimütig an, nickte ihr zu und winkte sie zu mir in die Zelle. Als sie sich darauf ein wenig unwirsch abdrehte, öffnete ich selbst die Tür, hielt sie mit ausgestrecktem Arm auf. Ein wenig zögernd, mit leicht verdrießlicher Neugier folgte sie schließlich der Aufforderung; sie war ja kein Dorfpflänzchen und mochte dem Fremden doch zeigen, daß sie sich in solchen Angelegenheiten nicht so schnell einschüchtern ließ. Sie war also zu mir in die Zelle gekommen, ich schloß die Tür, wir standen uns auf einem knappen Meter gegenüber. Ich sprach weiterhin in der für sie unverständlichen Sprache mit der entfernten Ria und versann mich dabei in das halb verdorbene, halb kindliche Gesicht des ländlichen Mädchens. Ich roch den Duft ihrer Rosmarinseife, ich bewunderte ihr volles schwarzes Haar, das glatt auf die Schultern fiel, und beobachtete die ersten Schweißperlen, die sich auf dem Brustbein bildeten und in den eckigen Ausschnitt ihres T-Shirts rannen. Sie blickte dagegen – um ein letztes Mal der Schicklichkeit zu genügen – kühl und befremdlich an mir nieder und erklärte in ihrem Heimatdialekt, daß sie nun dringend telefonieren müsse. Während sie das Wort an mich richtete, hielt ich rasch die Hand über die Muschel und gab ihr zu verstehen, daß sie sich noch einen Augenblick gedulden müsse. Sie drehte sich um, als wollte sie nicht länger meinem Gespräch zuhören, wandte mir ihren breiten, langsam nässenden Rücken zu und legte den Kopf in den gegen die Scheibe erhobenen Armwinkel. Ich konnte nicht länger einhalten, ich mußte meine Hand nach ihr ausstrecken und ihr dichtes Haar berühren. Sie wechselte darauf Stand- und Spielbein, drückte die rechte Hälfte ihrer festen, jugendlichen Fülle gegen mich hervor, so daß sie von meinem Oberschenkel kaum noch eine Handbreit entfernt war.

Ich nahm meine Hand von ihrem Haar und legte sie, ohne zu greifen, auf ihre abgestemmte Hüfte. Darauf hob sie beide Arme hoch, umgriff das Haar in ihrem Nacken und nahm es gebündelt über die linke Schulter. Sie drückte ihre Brüste gegen die Scheibe und höhlte ihr Kreuz. Es war jetzt sehr heiß in der Zelle und die Luft schwer und verbraucht. Sie wandte sich wieder zu mir und fragte kokett in einem unbeholfenen Englisch: ob wir etwa verwandt seien und hier gemeinsam mit der Großmutter telefonierten? Ich legte ein wenig zu spät die Hand über die Muschel, doch zum Glück donnerte draußen gerade ein Lastzug vorbei. Ich hob meinen Arm, um eine weitere Münze einzuwerfen. Sie sah mir unter die Achselhöhle, wo die Nähte meines dünnen Strickpullovers aufgegangen waren und das verklebte, feuchte Haar heraushing und tropfte. Ich sah, spürte es in ihrem entleerten Auge: dies war der Beginn, von nun an würde sie nicht wieder gehen, nicht bevor sie die ganze Physis dieses Mannes entdeckt hätte und nicht bevor der säuerliche Geruch, der aus seinen Poren zu ihr drang, von ihrem Duft besiegt worden wäre. Doch ich telefonierte weiterhin und sah ihr dabei so unverwandt in die Augen, daß sie nicht ausmachen konnte, ob ich sie wirklich wahrnahm oder vielmehr höchst aufmerksam jener anderen zuhaus zuhörte. Mit dem Rücken gegen den Telefonkasten gelehnt, schlug ich die Beine übereinander und bemerkte, wie ihr Blick unvermeidlich die Mitte meiner gekreuzten Schenkel aufsuchte. Wie ertappt, wandte sie sich ab und blickte ziellos nach draußen, schüttelte flüchtig den Kopf wie jemand, der seine benommenen Sinne ernüchtern oder wecken will. Ja, es bestand kein Zweifel mehr, nun war sie soweit, sie konnte sich nicht mehr vom Fleck rühren und nur hier, in diesem engen Käfig würde ich sie in die ersehnte Bewegung versetzen. In diesem stickigen Glaskasten würden wir um Atem ringen und bis zum Ersticken unsere Fremdheit auskosten. Sie erwartete ihn haltlos, aus engster Nähe, diesen Fremden, der jedoch wieder aus dem tiefen Taschenzipfel heiße

Münzen hervorfingerte, in den Apparat warf und wenig redete, viel hörte und sie dabei mit unerforschlich schamlosem und entferntem Blick betrachtete. Als dieser Blick nun fast abwesend auf dem dunklen, sich ausbreitenden Fleck unter ihren Brüsten anhielt, riß sie plötzlich erzürnt und so, wie man die Zunge zeigt, das klitschige Hemd in die Höhe und entblößte die mit Schweißperlen bedeckte Haut, die weißen Gewichte, den gebräunten, gedrungenen Rippenkorb. Dies hatte zur Folge, daß ich für einen Augenblick hastiger und oberflächlicher mit zu Hause sprach. Bis jetzt wagte sie nicht, mich von sich aus zu berühren, und diese Berührung wäre gewiß nicht so zaghaft ausgefallen wie die meine, als ich ihr die Hand aufs Haar und in die Seite gelegt hatte. Ihr ganzer mir entgegengestellter Leib schien nur allzu bereit, jede Gradheit und Zier augenblicklich aufzugeben und seine Gestalt zu verlieren, unterzugehen in einem formlosen Schlingen und Schmelzen, ohne Luft und in einem ungeheuren Schweißbad. Ich nahm indessen sehr ruhig ihre kleine feuchte Hand und spielte wie nebenbei mit dem rosafarbenen Plastikring, den ihr vielleicht eines ihrer jüngeren Geschwister an den Finger gesteckt hatte. Aber sie selbst war ja noch blutjung, wenn auch, wie unsere gegenseitige Verführung bewies, durchaus keine spröde Unschuld. Ja, ich drückte die kurzen, runden Finger, als wäre ich gelangweilt und wir beide in der Tat nur ein Pärchen, das am Abend bei der Großmutter anruft. Aber diese Beiläufigkeit war durchaus nicht geplant oder vorgetäuscht, sie war die unvermeidliche Folge von Rias deutlich erhobener, deutlich anschwellender Stimme am anderen Ende der Leitung…

Alles änderte sich, als ich abrupt den Hörer auflegte und sie schweigend und unabgelenkt anstarrte.

›Telefonier du jetzt‹, sagte ich, ›ich habe genug…‹

Natürlich hatte sie gar nicht zu telefonieren, wußte nicht, wen sie anrufen sollte. Ich forderte sie auf, irgendeine Nummer zu wählen, mit jemandem, der ihr Vertrauen besäße, zu sprechen. In ihrer verschwitzten Hand klebten noch die Münzen. Sie steckte sie in den Schlitz. Sie wählte die Nummer der Freundin, mit der sie ihren Abendspaziergang gemacht hatte. Glücklicherweise war sie bereits zu Hause. Sie sprach in ihrem Heimatdialekt mit ihr, so daß ich kaum ein Wort verstehen konnte.

Dennoch, soviel bekam ich mit: sie beschrieb ihr, wo sie sich befand und was vorgefallen war und lachte dazu. Und dann – nun, dann beschrieb sie ihr auch, was gerade vorfiel, jetzt und augenblicklich in der Rufzelle, denn ich war nun wie verwandelt und konnte nicht einhalten, sie zu berühren und zu entdecken, während sie sprach. Ich kniete vor ihr, öffnete ihre Kleidung und streifte sie bis unter die Knie. Sie telefonierte es unverzüglich weiter, indem sie auf mich herabblickte und jeden meiner Finger- und Lippenwege genau beschrieb. Ich hörte sogar das Kichern der Freundin am anderen Ende der Leitung. Doch ich küßte nur um so tiefer in den nassen, sich windenden Leib hinein, entfaltete ihn um so begieriger, je unmöglicher es oben dem berichtenden Mund wurde, *alles* zu berichten... Das Mädchen ließ den Hörer sinken, es biß sich vor Glück auf die Lippen.

Der Hörer hing lose herunter, nah an meinem Mund. Ich vernahm in der Muschel das Atmen der Freundin, welches in diesem Moment heftiger wurde und in unsere Erregung einstimmte.«

Nun hatte auch Hermetia ihre liebe Not, ein ansteigendes Vorbeben unter Kontrolle zu halten. Sie mußte mehrmals mit flachen Händen über ihre Taille streifen, um die Spannung wieder abzuführen. Dabei stammelte sie etwas von neuen Richtlinien, einen leisen Befehl, in dem es hieß, von nun an dürfe nur noch ›ohne Umschweife‹ von Rücken, Mitte und Schenkeln gesprochen, von sämtlichen Gelüsten nur in der rohesten Einsilbigkeit die Rede sein.

Der Leser verstand nicht, was sie damit meinte, war aber sogleich bemüht, ihre Unruhe ein wenig zu dämpfen, indem er einen kleinen trockenen Exkurs ›über das, was allein der erotische Gedanke vermag‹ anzuschließen begann. Einzig dieser nämlich, so war seine Ansicht, erzeuge und genieße das vollkommene Stillhalten des weiblichen Körpers während der Hingabe. Das reine Geschehenlassen, ein unmögliches Ziel der männlichen Begierde und in Wirklichkeit nie und nirgends anzutreffen, die unerschütterliche Passivität, fern jeder Gefügigkeit und Willfährigkeit, sondern vielmehr ein herrschaftliches Gestatten, eine empfangende Abgewandtheit, unverdorben von verbindlichem Lächeln, von verlegenen oder gewinnenden Anblicken, gesichtslos von Grund auf, ohne die geringste leibliche Entgegnung, die über die einfache Resonanz, das prächtige Erzittern des gewährten Rückens unter der Wucht des einseitigen Angriffs hinausginge... kurz, das, was in der armen Wirklichkeit unweigerlich zur Ermattung des männlichen Strebens führe, gerate der erotischen Einbildung zum höchsten Kult und Genuß: sich nämlich an einer machtvoll Ungerührten wie ein Initiant zu verausgaben.

Als sich Hermetia unter dieser kleinen männlichen Abstraktion wieder etwas ernüchtert hatte, erwiderte sie und ordnete ein wenig die Lage: »Wir haben seit einigen Stunden aus der Not unserer Enthaltsamkeit die gefährliche Tugend der gegenseitigen Aufreizung gemacht und dabei die stofflichen Sekrete unseres Leibs, die realen Ausschüttungen unserer Drüsen und Gewebe, einzig mit etwas so Gegenstandslosem, wie es Worte sind, ziemlich lebhaft angeregt. In der Regel haben wir den roheren Bedürfnissen des Körpergeistes größere Beachtung geschenkt als den lieblicheren und sanfteren. Ich will sogar hierin noch einen Schritt weitergehen und in die Kette der

Demütigungen nun eine Perle einziehen, in der das blanke Entsetzen schimmert. Es könnte wohl sein, daß deine männlichen Einbildungen und Empfindungen durch die nächste Geschichte ein wenig gequält werden, aber es ist nun einmal die leidenschaftlichste Verirrung, die mir in meinen jungen Jahren bisher vorkam. Ich kann sie dir unmöglich vorenthalten. Sieh dich also für die nun folgende Szene umgeben von einem kleinen Haufen verwöhnter, fauler Hotelgäste, die sonnenhungrig um das grüne schlackernde Wasser des Swimmingpools lagern, an ihren aufgeschäumten Säften saugen und so tun, als sähen sie uns, meinen Freund und mich, überhaupt nicht. Nein, sie wagten tatsächlich nicht offen herüberzublicken, allenfalls flüchtig aus den Augenwinkeln, vor allem die Frauen, die kaum eine Handbreit Stoff zwischen den Beinen trugen und diese jetzt auffallend unruhig übereinanderschlugen, als wäre ihnen nicht ganz geheuer unter ihrem spärlichen Schutz an der dünnen Schnur: ihr Blick fiel eben doch immer wieder auf den großen, rohen Zustand meines Begleiters, der nicht zum Baden gekommen war. Er hatte vor mir seine Kleidung geöffnet und seine beherrschende Mitte mit der braunen Haut und dem rosa Auge ragte wie ein fettiger Pilz gegen den Sonnenhimmel. Ein unsäglich ins Nichts weisender Pfeil, so empfand er es; und er mußte zerbrochen werden, damit der kranke Körpergeist von seinem qualvollen, ziellosen Streben erlöst würde. Er lag halb aufgerichtet auf einer dieser Badebahren, und ich, seine Freundin, seine Getreue, saß neben ihm auf einem kleinen Plastikhocker und hatte mich mit dem rechten Ellbogen auf seine Schulter gestützt.

›Wann tust du es endlich?‹ fragte er. ›Wie lange noch soll ich dieses Höllenaufwärts ertragen!?‹

›Ich werde es nicht tun, du weißt es‹, antwortete ich traurig und auch ein wenig müde, denn es bekümmerte mich, daß es seit kurzem um nichts anderes mehr ging in unserer Herzensfreundschaft. Denn mehr als Freundschaft seit vielen Jahren, mehr als Gefährtschaft auf manchen Reisen hatte uns beide ja nie verbunden. Ich beugte mich vor und umgriff mit meiner kleinen Hand den pulsenden Schaft, aber meine Finger umrundeten kaum das mächtig angeschwollene Weh. Ich faßte jedoch seine Mitte ebenso mitleidig oder, wenn man will, ebenso vernünftig, wie man ein Kind am Handgelenk nimmt, damit es nicht immer wieder in den Brei schlägt. Es fror ihn bis ins Blaue des Herzens, und die Schwellung stieg und zuckte. Offenbar um nicht zu schreien, schlug er die Zähne in meinen Arm. Ich war dergleichen inzwischen gewöhnt, streichelte sein Haar und redete ihm zum hundertsten Mal gut zu: ›Tu es doch weg. Nun komm. Versuch es wenigstens.‹

›Ich kann nicht‹, erwiderte er und stöhnte.

›Was willst du?‹ fragte ich geduldig und setzte dann ein wenig gereizt hinzu: ›Soll ich es etwa wegtun?‹

›Ja‹, sagte er und seine Augen blitzten dankbar zu mir auf. Also entschloß ich mich, ihm auch diesen Dienst noch zu erweisen, der allein doch der Geliebten vorbehalten ist, nur weil ich hoffte, ihm endlich Erleichterung verschaffen zu können.

Ich entfernte das Nötigste meiner Kleidung unter dem langen Kittelhemd und begab mich wie in harmloser Spiellaune über ihn und ging in die Hocke. Ich sah ihm geradeaus ins Gesicht und versuchte keine Miene zu verziehen, obgleich es mich schmerzte, als dränge ein Brandeisen in mein Innerstes. Ich versuchte gleichwohl, mit diesem fremdesten und gewaltigsten aller Inhalte, die ich je zu fassen hatte, so bequem und unbekümmert wie nur eben möglich niederzusitzen und meine Knie rechts und links seiner Hüfte auf die Liege zu stemmen. Ich richtete mich langsam auf und strich mir die schweißverklebten Haare aus der Stirn. Meine Hände hingen lose über dem Bauch gefaltet herab, und ich versuchte mich im übrigen völlig bewegungslos zu halten.

›Ist es besser so?‹ fragte ich ihn.

›Nein‹, antwortete er, ›es ist noch viel schlimmer. Du sollst es töten, Hermetia, deshalb brauche ich dich.‹

›Aber ich kann es nicht‹, sagte ich verzweifelt. ›Was verlangst du? Ich bin nicht die Fee mit der Sense, die solche Mahd einholt. Ich habe weder ein Recht noch einen leidenschaftlichen Grund, dich so gräßlich zu verwunden.‹

›Du hast mir diese Qual eingetrieben und du sollst mich jetzt für immer davon befreien.‹

›Ich?‹ fragte ich ungläubig, ›weshalb sollte denn ich schuld an deinem Himmelsweiser sein?‹ (Aber im geheimen wußte ich es doch, denn es kamen mir die Tränen in die Augen.)

›Du hattest doch nie etwas vor mit mir!‹ rief ich aufgelöst, ›ich bin doch immer nur deine gutmütige Freundin gewesen!‹ Ich bekam einen Heulkrampf, und seine unerweichliche Mitte wuchs in mir und pochte unter meinen Konvulsionen, so daß auch er schließlich vor Schmerzen heulend den Kopf hin- und herwand. Als es dann ein wenig besser wurde, gestand er mir in langsamen Worten, was sich hinter unserer Freundschaft verbarg.

›Die Abgewandtheit, die wir voreinander bewahrten und oft in engster Nähe, sie ist es, die mit der Zeit diese starre Blöße entstehen ließ. Diese steinerne Frucht, Hermetia, sie wuchs aus der Berührungslosigkeit zwischen dir und mir...‹

›Aber wolltest du mich je berühren? Habe ich deine Ruhe denn falsch verstanden? War sie nur ein scheuer Vorwand, wolltest du immer?‹

›Nein‹, antwortete er ruhig, ›ich wollte nie. Dies nun ist des langen Nicht-Wollens Rache.‹

›Mir scheint, es ist längst zu spät für irgendein Wollen von dir zu mir oder umgekehrt. Sieh dich um, sieh diese schlanken, braungebrannten Frauen, die aufgeregt ihre Glieder cremen; wie verstört von unserem Anblick, gleiten ihre Hände über Bauch und Schenkel. Ich möchte schwören, jede von ihnen wäre jetzt nur gar zu gern an meiner Stelle. Warum versuchst du nicht, auf die einfachste Art der Welt deinen Pfeil zu brechen? Vielleicht gelingt es schließlich bei irgendeiner, wenn nicht bei der ersten, dann vielleicht bei der siebten oder zwölften. Wenn du nur nicht aufgibst, wird sich gewiß eine finden, die in ihrer äußersten Freude und Aufbäumung dich mitreißt und erschöpft. Ja, eigentlich hast du sogar die Pflicht, diesen Fluch der Unerweichlichkeit bei anderen zu etwas Gutem zu nutzen.‹

›Es ist ganz unmöglich‹, antwortete er, ›du vergißt, daß ich nicht vor Begierde erstarrte, sondern vor Schmerz. Dieser Pfeil ist aus dem Nichts zwischen dir und mir hervorgebracht, und er weist auf ein höheres Nichts, nämlich auf sein eigenes.‹

›Tu es‹, sagte er kurz darauf noch einmal, und sein Auge blitzte wieder auf, jetzt aber verzweifelt und listig zugleich. Er nahm unter der Liege einen verborgenen Gegenstand hervor und legte ihn mir in die lose gefalteten Hände.

›Ich führe deine Hand bis an die Stelle. Du erhebst dich ein wenig, damit du dich nicht verletzt, und als wäre dort nichts, ziehst du die Klinge zwischen dir und mir mit einem Schnitt hindurch. Ich brauche deine Kraft, ich kann es nicht selber tun.‹

Er sah mich nun so flehend und mit letzter Einwirkung an, daß wohl meine Augen sich vor Angst weiteten und ich willenlos, fast gelähmt meine Hände führen ließ bis dahin, wo das scharfe dünne Blatt schon in den haarigen Kranz glitt. Unwillkürlich hob ich mich an, wagte aber sonst keine eigene Bewegung. In diesem Augenblick versetzte er mir mit beiden Armen einen so gewaltigen Stoß gegen die Schultern, daß die Klinge unfehlbar schnitt, während ich hintüberstürzte und mit der blutenden Wurzel im Schoß ins Schwimmbecken fiel. Er aber, neben dem die Hotelgäste in wildem Aufruhr flohen und schrien, richtete seine hohe, mittellose Gestalt auf, stand mit blutüberströmten Beinen, lichtlachend, und warf sich zu mir ins Wasser, um seine Geliebte, nun einzig Geliebte in einer roten Woge zu umarmen und mit Küssen zu besänftigen.«

Als Hermetia hier geendet hatte, war nicht gleich auszumachen, wie die Erzählung auf den Leser gewirkt hatte; ob sein Mannesselbst sich bedroht oder angegriffen fühlte oder ob er sich nicht vielmehr angetrieben sah, mit der Schilderung einer vergleichbar gräßlichen Szene zu entgegnen. Bevor sich dies auch entschied, hatte bereits Czech, der verlegene Wächter, das Wort ergriffen und behauptet, hier gebühre allein ihm der Anschluß und zwar mit einer kleinen Fazetie (an der er sichtlich schon geraume Zeit gesonnen hatte), die sich ebenfalls um einen merkwürdig mittellosen Mann drehe. Die beiden anderen konnten sich schwerlich vorstellen, worauf er hinauswollte, aber man ließ ihm, der seine Geschichte kaum noch zurückhalten konnte, den Vortritt und hörte ihm zu.

»In Feriensiedlungen«, begann er unter breitem Vorausschmunzeln, »finden sich zuweilen diese alle Zimmer unterdrückenden Giebel, die sogenannten Nurdachhäuser im Fertigbaustil. Das Dach reicht dort vom First bis nah an den Boden, so daß man von fern fast glauben möchte, der menschliche Wohnraum sei unter den Erdboden gesunken.

Ein Wesen mit ähnlich ausschließlichem, den Grund berührenden Oberteil, wenngleich nicht spitz wie der Giebel, sondern vielmehr oval oder glockenförmig wie eine lange Pilzhaube ohne Stil, ein schieres Nurglatzgeschöpf betrat das Einwohnermeldeamt. Die beiden dicken jungen Beamtinnen sprangen vor Schreck von ihren Stühlen: das Wesen war nicht höher als die Barriere, hinter der sie ihren Dienst versahen. Sein knochiger Schädelmantel reichte bis auf den Boden. Es rappelte und klapperte inwendig, wenn es sich fortbewegte. Seine Vorderseite war lediglich zu vermuten an einer langen spitzen Knochenfalte oder -kante, welche eher an den Nasenschutz antiker Kriegerhelme als an eine Nase selbst erinnerte. Aber eigentlich war es doch nur ein dünner langer Nasenrückenstrich, und er war blutig aufgeschürft. Kein Auge, kein Mund, keine Ohren waren zu erkennen, weder Haut noch Haar noch Fleisch. Dennoch konnte man das Nurschädelwesen eindeutig für ein männliches ansehen. Es war sogar, wenn man es mit dem ersten erschrockenen Blick erfaßte, die leibhaftige Verselbständigung des Nur-Männlichen am Mann. Der knöcherne Starrsinn auf Füßen (die man aber nicht sah, es klapperte ja nur unter dem Schädelsaum, als schlügen viele kleine beinerne Platten gegeneinander).

Wo wollte der schaurige Nurmann wohnen? Er war offenbar nicht fähig, sich durch eine menschliche Stimme verständlich zu machen. Die Verschlossenheit des Männlichen hatte auch hierin nachgerade ihre Vollendung erreicht. Mehr als ein paar knirschende Knochenreibelaute brachte er nicht hervor.

Die beiden jungen Frauen preßten ihren Hintern gegen die Fensterbänke und wimmerten vor Ekel und Grauen. Die Glatzglocke klapperte leise vor der Barriere auf und ab. Sie schien daran gewöhnt, geduldig abzuwarten, bis sich das erste Entsetzen, das sie bei jedermann hervorrief, allmählich legte.

›Ausweis!‹ schrie eine der beiden beleibten Frauen, wobei sich ihre gewöhnliche Unfreundlichkeit in ein hysterisches Kreischen überdrehte. Unter dem Schädelrand wurde ein staatsüblicher Personalausweis hervorgeschoben, eingelegt der Meldezettel mit der Unterschrift des neuen Mietsherrn. Die beiden staunten nicht schlecht, als sie den Namen des Ungetüms lasen: Prinz René Adalbert zu Lahnstein und Stolzenfels. Dann verglichen sie das Foto mit dem vor ihnen befindlichen Individuum. Ja, es stimmte. Was sie aber in weit größeres Staunen versetzte, war das im Ausweis verzeichnete Geburtsdatum des anmeldepflichtigen Wesens. Es war nicht etwa steinalt –

man hätte es auf Anhieb auf hundert Jahre und mehr, ja wenn nicht gar auf ein vorgeschichtliches Alter geschätzt! Doch es zählte kaum einundzwanzig Jahre. Ein junger Prinz! Und wo hatte er sich zur Untermiete einquartiert? Bei einer gewissen Rosemarie Meerschaum, Coburger Straße 89. Jetzt, wo sie den Kerl beim Wickel seiner Personalien hatten, gewannen die behördlichen Damen umgehend ihren Barriere-Dünkel zurück und wurden reichlich dreist. Was war über diese Meerschaum sonst noch in Erfahrung zu bringen? Was war das für eine, die solch erzkahlen Prinzen bei sich aufnahm? In Windeseile durchleuchteten sie die Bürgerin auf ihrem Datengerät.

›Aha!‹ sagten sie leise und einmütig, denn es zeigte sich, daß es unter den bisherigen Mietern der Frau Meerschaum von langnamigen Hochwohlgeborenen nur so wimmelte. Sie hatten also in ein wahres Adelsnest gestochen! Daraufhin sahen sie einander in ihre langen Gesichter und mußten sich eingestehen, daß hier lediglich eine Wunderlichkeit vorlag, jedoch keine Ordnungswidrigkeit und nichts, wogegen sich ein Verdacht erheben ließ. Sie hatten der Knochenhaube anstandslos die Bescheide auszuhändigen. Es befand sich soweit alles in seiner Ordnung. Jedoch, unter dem Bearbeiten und Bescheinigen wich ihr anfängliches Grauen vor dem Nurmann einer zunehmenden weiblichen Herablassung gegenüber dem armen Unbeleibten, diesem Ausbund an Schädel, in dem sie jetzt nichts als die letzte Entartungserscheinung eines Blutverfalls, einer Geschlechtsverkalkung erblickten. Der Märchenprinz als Rundumglatze. Wo sie zuerst vor dem Nurmann erschrokken auf die Fensterbänke geflüchtet waren, spöttelten sie jetzt über den Kaummehrmann. Das vorgeschichtliche Ungetüm wurde ihnen kurzerhand zum nachgeschichtlichen Mutanten. Daneben standen sie vergleichsweise gut und gesund im Fleisch, mit ihrem mittleren Bandscheibenschaden und der leichten Anlage zur Fettsucht. Von hoch oben, von Schrei und Schock und Geschlechtsalarm waren sie wieder hinuntergeglitten in ihre dumpfe, breithüftige

Ordnungsgemäßheit, und da sich beim vorliegenden Meldeakt nichts Aufregendes und Abnormes begab, waren die beiden erregten Gemüter wieder in die gewohnte Ruhelage zurückgekehrt. In dieser verfügten sie über ein so geringes und so festgefahrenes Ausdrucksvermögen, daß sie selbst für diesen einzigartigen und außerwahrscheinlichen Einwohner ihrer Stadt zuletzt nicht mehr als ihre ganz alltägliche verdrießliche Geringschätzung übrig hatten. Sie beschieden ihn muffig und faul wie nur irgendeinen anderen nicht weiter beachtenswerten Meldepflichtigen auf dem Amt.«

Selbst diese harmlos absonderliche Einlage des Hausfreunds bot dem Leser genügend Anlaß, um sofort wieder auf ein phallisches Thema zu improvisieren. »Wenn überhaupt etwas, so durchstößt doch der Phallus eigentlich nur die soziale Beschichtung, die dünne soziale Haut eines uns fremden Menschen. Aus diesem Grund findet er sich kaum irgendwo in erhöhterer Bereitschaft als gerade im Warteraum eines Einwohnermeldeamts. Die jungen Frauen, die dort in der nüchternsten sozialen Ergebenheit herumsitzen, unanzüglich bis zur Gesäßverleugnung, in ihrer gesamten Physis vermindert zu einer Aufrufnummer und einem Datenbogen in der Hand, diese geheimen Einwohnerinnen, diese häuslich Geborgenen, die aufzudekken der Phallus immerzu träumend unterwegs ist, hier findet er sie nebeneinander aufgereiht, und nichts könnte ihm größere Befriedigung verschaffen, als sie unverzüglich an Ort und Stelle aufzustören, sie bis ins Mark ihrer Person zu entlarven, ihre sozialen Daten heillos durcheinanderzubringen, sie in begehrende Individuen zu verwandeln!...«

Zweifellos hätte Friedrich in diesem öden Reich der zerschlissenen Linoleumbeläge, der lederknaufumspannten Türklinken und des Commerzbankkalenders gern eine längere sinnenfrohe Szenerie entworfen, wenn nicht in diesem Augenblick die Salontür aufgestoßen worden wäre und – niemand hätte gerade ihn erwartet! – der Concierge, wie aus dem Erdgeschoß heraufkatapultiert, plötzlich unter ihnen gestanden hätte.

Er war ein massiger, hochgewachsener Mann, eine eher bäuerliche Erscheinung mit einem runden, spärlich behaarten Schädel und leicht gebeugten Schultern. In seinem dunkelgrünen Strickpullover, seinen verbeulten Cordhosen und den langen, herunterhängenden Armen bot er den Anblick eines aufgeschreckten, erschöpften Toren, den man gerade aus seiner Unschuld vertrieben hatte. Sein Kopf kreiste oder webte, wie man vom Elefanten sagt, wenn er mit schwingendem Rüssel vor einem unerwarteten Hindernis anhält. Er atmete schwer und brachte wenig und dies nur ungeordnet heraus. Es wurde immerhin soviel verständlich, daß er vom Alten im Hof kam und hinaufgeschickt worden war. Alle drei Wartenden sprangen beinah gleichzeitig aus ihren Sesseln und hofften von dem Boten endlich Klarheit zu erfahren.

Dieser aber, vom unendlichen Fernsehen durchströmt und selber eine Art Medium geworden, hatte, wie sich herausstellte, die letzte Stunde an der Seite des alleserörternden Tithonos verbracht und war nach etlichen Runden in eine derartige Konfusion geraten, daß ihm jetzt ein wahrhaft chimärisches Redegebilde, eine heillos verdrehte Sprache aus dem Mund quoll.

»Nummernfaßbodenausschlägerverein! Unterm Fenster, das Haus auf'm Rücken. Prädomina käm zur Lachbeteiligung rückwärts. Hummernzange griff Taille und Winkerkrebse leiten Verkehr. Einen Hinternnabel hat sie und Kloake am Knie. Vorn Ölschwiele zur Selbsterhitzung. Nur ein Kuß mit handelsüblicher Redeserviette abgewischt. Körner Essens, Körner Schlafs, Körner Koitusses. Rigipsschwertwand zwischen ihr und mir. Brün und Hild. Jung und Born. Alles sprechend, allesfressend, Kaumuskel weicht Wortfleisch. Niedlich veräste Lautmale. Fuhren mit Caliban-Tours, muß noch vollen Globus umlauten, das Großgeisttier. Noch immer Laute bechernd treten auf: die Menschenkindeskinder. Das Ah!-Mal ist nicht genug. Krönender Abschluß nagt an jedem Laut. Hochbetakelt gehen Phonovoren heim oder aborts. Bei sternklarem Leichtsinn. Um so schwerer hudert die Mütze ihr Stirnjunges. Flaumwustschwitzbad. Was für'n Scharren und Schrebbern dort oben!... Man wendelt wie die Treppe um den heißen Turm. Die Gegend ward Gegenwart, und so hören mich meine Mitlaute noch. Und im Sicherlich sichelt es schon. Aus heiterem Himmel Kopfsprünge stehenden Fußes ertragen, sind noch die geringsten Beschwerden. Denn wie sagt Paracelsus: ein niedriger Teller verliert die Suppe, ein tiefer versenkt den Braten. Die Teller an sich sind nicht unfüglich und zeigen im allgemeinen eine größere Einsicht in ihre Nutzanwendung als wir Menschen...«

Er war zu Ende. Ausgeflossen wie ein leckes Faß. Nur das, was er eigentlich mitteilen wollte, die Botschaft, die ihm aufgetragen war, befand sich nicht unter dem abgelassenen Unrat. Er merkte es offenbar selbst und erschrak darüber. Aber da ihm nun alle Worte ausgegangen waren, griff er Czech heftig am Ärmel und wies mit ausgestrecktem Finger mehrmals in den Hof hinunter. Czech hatte es unter dem Wirrwarr schon geahnt, daß ihn der Freund zu sich in den Hof bestellte. Und daß es diese Nachricht war, die der Hausmeister hatte überbringen sollen. Er nahm also das unglückliche Faktotum beiseite und schärfte ihm ins Gewissen, welches vorübergehend seine Aufgabe sei, solange er ihn hier oben vertrete. Der Mann schien ihn immerhin zu verstehen, er nickte jedenfalls zustimmend mit dem Kopf. Czech verließ den Salon und das Studierzimmer des Professors, der Hausmeister lehnte sich an seiner Statt in den Sessel und war nun der neue Wächter der Wartenden. Sein Kauderwelsch hatte die beiden strapaziert und ihren Körpergeist erheblich verstimmt. Sie mußten sich ein paarmal räuspern, als stecke ihnen allein vom Zuhören ein Kloß im Hals.

»Weiter!« spornte Hermetia jetzt den Leser an, »laß uns nur gleich weitermachen!« Sie schien besorgt, daß der grobe Auftritt des Concierge ihre Sehnsucht beschädigt haben könnte und sie nicht wieder zu der Erregung fänden, in die sie sich bereits emporgeredet hatten. Friedrich, in der Tat ein wenig ermattet und zerstreut, entsann sich nicht genau, an welche Begebenheit er anknüpfen sollte und begann noch einmal vom »Kurzen Auftritt« zu erzählen, von der Verkäuferin im Elektroladen und ihrer Gesangsprüfung, doch Hermetia winkte unwirsch ab: das war schon geschehen, war verbraucht.

»Nun, diese Begegnung, die ich dir ausführlich geschildert habe, entließ mich in einem Zustand, ähnlich dem des reifen Springkrauts, dessen Kapsel bei der leisesten Berührung seine Saat verschleudert. Derart bedürftig und für dich aufgespart ging ich davon, immer in der Hoffnung, dir zu einer bestimmten Stunde des Tags, etwa bei deinen Einkäufen, überraschend in den Weg zu treten, und fest entschlossen, sobald dies geschähe, dich ohne Worte mit mir zu reißen in die nächstdunkle Nische einer Parkhausetage, um dort mein friedloses Äußerstes von deinen hohlen Küssen zähmen und bezwingen zu lassen. Aber es geschah nicht, ich verfehlte dich oder du kamst nicht dorthin, wo ich dich vermutete. Statt dessen vergrößerte sich mein Beschwer, als es am Abend des gleichen Tags zu einer weiteren, nicht minder heftigen Begebenheit kam, bei der ich noch einmal im mächtigsten Voraus zu dir mich erstreckte und es wiederum ertragen mußte, mich mit glühender Spitze aus einem erstorbenen Feuer zurückzuziehen. Ich betrat zu späterer Stunde – in der Vision, du wärst in Begleitung einer Freundin hier eingekehrt – ein Tanzlokal unter den Arkaden des Marktplatzes, das ich schon früher als Treffpunkt junger Menschen ausgemacht und wo ich des öfteren nach dir Ausschau gehalten hatte. Es war zum Bersten überfüllt, grelle Lichtschläge fuhren zu tosender Musik durch die stickige Dunkelheit. Ich setzte mich zu einer jungen Frau auf die halbrunde Lederbank, die einen kleinen Tisch umgab. Sie gewährte mir den Platz nur widerwillig – ich konnte nicht ahnen, daß dieser mürrische, unfreundliche Ton der letzte Hemmschutz, die letzte Sicherung ihrer Selbstkontrolle war. In welch seltsamem Gegensatz stand dieses ungnädige Brummeln zu der erweichten, kosenden, zerfließenden Stimme, die ich eine halbe Stunde später aus demselben Mund vernahm! Es entspann sich eine zögernde, fade Unterhaltung. Doch kaum waren die ersten Stockungen überwunden, da öffneten sich die Schanzen, und sie plapperte eilig, bald ungezügelt auf mich ein. Wir mußten die Köpfe eng zusammenstecken, da die dröhnenden Rhythmen sonst keine Verständigung erlaubten. Vielleicht brachte es diese erzwungene Nähe von selbst hervor, daß sie inmitten des Unrats von Meinungen und Problemen, den sie ausbreitete, unversehens damit begann, mich mit großen leeren Worten zu belobigen, mein Wesen (das ihr völlig unbekannt war), meine männliche Erscheinung, meine Kraft und meine tiefe Vertrauenswürdigkeit in einer verwegenen Mischung von Ergriffenheit, Hast und Übertreibung zu schildern und mich mir selbst als einen ganz außergewöhnlichen Mann vorzustellen. Sie saß neben mir in ihrem ärmellosen Trägerhemd mit dem Aufdruck eines australischen Naturparks, ein schwarzes, leichtes Jackett über die Schultern gehängt, den Kopf auf die flache Hand gestützt, den Ellbogen und den bloßen Arm mit dem Silberreif bis zum Achselhaar über den Tisch gestreckt, und ich sah, daß sie nicht mehr ganz jung war. Nicht so sehr ihr Körper oder ihre Haut verrieten es, als vielmehr die kleine Maschinerie ihrer Gebärden, die so erprobt und eingeschliffen lief. Die kurzen, eiligen Schlücke vom Wein, das flatternde Lächeln mit den hübschen Kerben am Mund, mit der gekräuselten Nasenbeinhaut, der verliebt-belustigte Stich im Blick, das zerstreute Fingern an der Halskette und die Hand, die zwischen Glas und Hals immer schneller verkehrte, als sie in den worteverwirbelnden Flirt eintrat. Die gefällige Intelligenz des Instinkts, das ganze Hellesein der Liebeswerbung hatte diese anfangs so mucksche Person wie ein fremder Geist besucht und aufgeweckt. Schlagfertig und übereifrig in Erwiderungen und Anspielungen, hübsch klug vor Lust war sie. Auch wenn dies alles mit etwas aufgetragener Frische und ein wenig zu geläufig geschah, stand sie doch unverkennbar unter dem Einfluß, in der Aura der ersten, entzündlichen Begegnung, der Eröffnung des Spiels. Ja, sie vertraute ganz aufrichtig, in einer Art kindlich unbelehrbarer Illusion auf das Wunder der Unbekanntheit und des ewigen Ersten Mals, das alle materiellen Spuren der wiederholten Erfahrungen, der gewohnten Enttäuschungen von ihr lösen und tilgen würde.

Diese schöne Aufgedrehte, grundlos Beglückte, die ihren bis in die Haarspitzen absichtsvollen Leib über die Tischkante lehnte – ich betrachtete sie mit der gleichmütigen Neugier eines Temperamenteprüfers oder Seelenvermessers. Ich sah unter dem vorfallenden Hemd ihre weichen trägen Glocken und sah dort im selben Moment die milchweiße, flache Haut des kleinen Mädchens, das in seinem verwaschenen Mäntelchen mit der spitzen Kapuze im Regen von der Schule heimkehrt, wo ihm ein ungerechter Tadel zuteil wurde. Schluchzend stolpert es seinen Weg, preßt Rotz und Tränen hervor, japst und keucht, die Wangen glühen, das rote Kinn zittert verknautscht, die Rippen schmerzen unter den Heulkrämpfen, während innen die Schmach wie Feuer um sich frißt und der kleine Lebensorbis ganz verwüstet steht...

›Du bist etwas so Klares und Schönes‹, sagte unterdessen die hingerekelte Frau, ›etwas, das mir viel Wärme bringt, etwas, das mir ganz nah ist und ungeheuer tief auf mich abstrahlt. Ich glaube, ich hatte immer ein Phantombild von dir in meinem Kopf, weißt du, diese Phantombilder, mit denen man Verbrecher jagt oder noch nicht identifizierte Geliebte...‹ Und sie schwärmte, trank, heulte und lachte, griff sich an die Stirn, als könnte sie meine Ankunft immer noch nicht fassen, schnupfte zwischendurch rasch ihr Zeug und war nun nicht mehr zu unterbrechen, wollte nichts mehr hören, sondern verausgabte sich in einem entfesselten Liebesgeständnis, das die Grenzen des Geschmacks wie der Glaubwürdigkeit weit hinter sich ließ. Mir schien, daß ihre gesamte Energie, ihre Lust und ihr Körpergeist längst verflogen sein mußten, als sie schließlich aufstand, mich stumm anblickte, als riesele ihr das heilige Erkennen über den Rücken, und mich leise aufforderte, mit ihr nach Hause zu gehen, ganz kurz noch mitzukommen, nur auf einen Sprung: bitte! Sie nahm mich bei der Hand, wir liefen auf die Straße hinaus, sie erbrach sich kurz neben der Litfaßsäule und lachte weiter, kaum, daß sie den Kopf wieder oben hatte, hielt beide Hände mit gespreizten Fingern an die Stirn, zog die Lider zu Schlitzen, um sich meiner noch einmal mit geschärftem Auge zu vergewissern, und wir gingen zu ihr, rannten die Treppe hinauf und kamen in ein ungelüftetes, verdrecktes, chaotisches Zimmer. Sie schmiß die kleinen Stiefel von den Beinen, und wir warfen uns auf das befleckte, mit ausgefallenen Haaren übersäte Bett. Sie klammerte sich an mich und krümmte sich plötzlich in einem gewaltigen Heulkrampf, sabbelte aus dem Mund, schrie mir irgend etwas ins Ohr, aber ich mit meiner schweren Mitte wußte nicht wohin, denn es war alles kindverschlossen und kindgekrümmt an ihr, so daß ich an dieser tränenüberströmten Kugel rundherum abglitt. Doch sie war binnen weniger Minuten erleichtert und fiel von mir wie ein reifes Obst, war endlich erschöpft und auf der Stelle still. Sie gab nur noch einen tiefen Seufzer von sich und schon röchelte sie leise aus ihrer kleinen, von Rotz und Wasser geschwollenen Nase, in tiefster Rührung.«

Obwohl Hermetia hierauf ein wenig scherzhaft wurde, ihn beinah sogar auslachte, wobei sie ihren glatten Leib wie eine Katze auf dem breiten Sessel zusammenrollte, fügte Friedrich unbeeindruckt seinen Refrain hinzu: »So ging ich auch von dieser Begegnung unverbraucht, jedoch noch schmerzlicher zu dir hin gesteigert fort.«

»Und ich«, erwiderte Hermetia lebhaft, »ich war den ganzen Tag über zuhause und dachte nur daran, was dich davon abhalten könnte, uns einen Besuch abzustatten. Während du mit der heulenden Glücklichen deine Zeit verbrachtest, gab Tithonos hier oben eine kleine Einladung. Wie leicht hätten wir uns da zurückziehen können! Im Schutz der Gesellschaft, in der der Alte festgehalten war, wären wir unauffällig in ein hinteres Zimmer verschwunden und hätten dort endlich unser ersehntes Vergnügen gefunden! Denn zu dem Zeitpunkt war ja noch nichts gestanden und offenbar, also wäre uns im Geheimen keine Grenze, kein Verbot gesetzt gewesen, wie es jetzt nach dem gegebenen Versprechen leider der Fall ist.«

Der Concierge, der unterdessen müde und leer vorgelehnt auf seinem Sessel ausgeharrt hatte, begann nun völlig unerwartet von sich hören zu lassen. Diesmal verschonte er gottlob die Zuhörer mit solch krausem Zeug, wie er es bei seinem Eintritt abgelassen hatte. Er, dessen Wesen aus Abfärbung und Widerhall bestand, reagierte nämlich mit beinah willenloser Anpassung auf seine Redeumwelt und besaß im Grunde kein eigenes Reden mehr. Wurden etwa in seiner Umgebung Witze erzählt, so lieferte sein mimetischer Speicher oder Synthesizer Witze über Witze und schickte sie ein Dutzend am Stück durch seinen Mund. Wurde aber neben ihm philosophiert, wie offenkundig in dieser Nacht unten im Hof geschehen, so würgte er eben den unverdauten Diskurs hervor.

Hier nun, da er soeben die Erzählform der gewagten Begebenheit kennengelernt und die Art und Weise, wie Hermetia und Friedrich damit ihre Sehnsucht beschäftigten, abgetastet und ihre Impulse aufgenommen hatte, brachte sein System umgehend etwas von der gleichen Sorte hervor. Es war allerdings ein recht ungeschliffenes Stück, mehr oder weniger im Stil einer schmutzigen Kurzgeschichte oder eines schlechtsynchronisierten Hollywoodfilms gefertigt, aber es bildete gleichwohl ein passendes, wenn auch eher ein Aluminium- oder Polyester-Glied in der Kette der Demütigungen.

»Oder der verrückte Hüm!« so begann er unvermittelt. »Er hatte eine kleine fette Amerikanerin aufgegabelt, eine von diesen Rucksacktouristinnen, die ganze Türme von roten Nylontaschen im Gestänge am Rücken tragen und durch Europa trampen. Hatte sie irgendwo kennengelernt und zu seinem alten verdreckten Strandhotel mitgeschleppt, wo sonst keiner mehr absteigt. Und dort hatte er sie kurzerhand aufs Zimmer eingesperrt. Zimmer Nr. 18. Als sie auf dem Absatz kehrtmachen wollte, war die Tür verriegelt und Hüm hatte seinen Wolfshund davor gesetzt. Ich war zufällig unter Mittag bei ihm, als es langsam Zeugs aus dem Fenster von Nr. 18 zu tropfen begann. Die Kleine war nach ein paar Tagen restlos depressiv und warf ihr gesamtes Hab und Gut ab. Langsam, ganz langsam rutschte die Hand über die Fensterbank und ließ wieder einen Löffel fallen oder einen Pullover, einen Schlüpfer, das Scheckheft, ihre Brille und die Pillen, alle Arten von Pillen, stundenlang, einfach alles. Wir wußten ja, sie würde am Ende nackt und völlig zerschlagen am Boden liegen. Wir sammelten das Zeugs aber nicht ein, es war sowieso alles egal. Hüm haßte die Touristen, weil sie nicht mehr zu ihm in sein stinkiges Klappergestell kamen und wollte einfach mal jemand dadrin eingesperrt haben. Und ich wollte mir das mal ansehen, weiter nichts. Wir hatten überhaupt kein Interesse an dem Pummel. Sie sollte einfach einsitzen. Dableiben. Damit endlich wieder Leben in Hüms Bruchbude kam und ich mir das mal ansehen konnte. Aber dann wurden wir lang! Dann hat sie uns drangekriegt. Dann wurden wir über die Schatten lang und noch viel länger: die kleine runde Pharmapuppe steht splitternackt am Fenster, hält ihren Balkon in die Sonne und neben ihr auf dem Fensterbrett: Hüms Köter. Hockt neben ihr, kläfft runter, kläfft seinen eigenen Herrn an. Hüm kippt aus den Socken, rennt ins Haus, reißt die Tür von Nr. 18 auf und kommt kreidebleich zurück. Nichts zu machen. Der Köter ist übergelaufen! (Ich lach mich heiser.) Der wär dem armen Hüm fast an die Gurgel gesprungen, als er die Tür aufriß. Nichts zu machen. Wie hat die das verdammte Biest nach Nr. 18 gebracht? fragt er. Wie kommt so'n Vieh durch 'ne abgesperrte Tür? Ist mir ein Rätsel. Na, sag ich, ich vermute ja, der Köter selbst hat ihr den Trick verraten, haha! Also Hüm, völlig fassungslos, kann nicht lachen. Sein Hund hat sich gegen ihn ›erhoben‹. Na, Hüm, ist doch klar, daß er sich erhebt, wenn du ihm 'ne nackte Frau vorsetzt! – Hör auf! brüllt er. – Also gut, ich erklär's dir. Der Hund ist durch die Tür von Nr. 17, die war nämlich offen, und dann ist er auf'm Sims da oben... Ach, halt's Maul! schimpft er. – Ist doch aber so, als wir eben mal nicht hochgeguckt haben oder die leeren Flaschen in die Garage schleppten. Des Rätsels Lösung. Die Amerikanerin stand jetzt tatsächlich im Fenster wie der Hausherr und Hotelbesitzer persönlich, mit dem Wolfshund neben sich, der scharf vor allem auf Hüm herunterfletschte. Das war so, ja. Wie bringt die das fertig? Gibt's doch gar nicht! So was macht doch mein Hund nicht mit! – Ich würd mich nicht tiefer reinbohren, Hüm. Da kommt nur Pech und Schwefel raus aus dem Loch da in der gesunden Logik. Aber ich muß noch einmal sagen, die Amerikanerin stand jetzt mächtig ausgefüllt da, nicht mehr so pummelig und nicht mehr so pharmazeutisch. Sie bat mich – sie sah ja wohl nichts ohne Brille – und ich dachte, ich sei gemeint, sie bat mich also, ihr Zeugs aufzuheben, und ich machte ›Pah! Leck mich!‹ und rührte mich nicht. Aber Hüm ging hin, er machte es, der sammelte alles auf, was wir vorher extra liegenließen, jede Fickpille, weil er dachte, da steigt er in ihrer Gunst und vielleicht auch in der Gunst von seinem Hund, haha! Aber da hätte er sich den Finger in den Arsch schieben können, Hüm wurde von allen beiden kaltgestellt, von Hund und Dame, von beiden. Ob ihr's glaubt oder nicht, er ist nie wieder reingekommen in seinen Stinkschuppen. Er hat schließlich auch nicht mehr reinwollen. Das mit dem Köter hat ihm den Rest gegeben. Er hat letztlich nicht mehr reinwollen, hat Hund und Haus verlassen, nachdem die Kleine da oben praktisch alles unter Kontrolle hatte, und ist abgezogen in die Stadt, wo er was Neues aufziehen wollte, wurde auch Zeit, für einen Kerl mit seiner Statur, der hatte ja seine besten Jahre vergeudet mit dieser Strandpißbude. Ja, und die Amerikanerin? Die hatte doch genug von Papis Dollars dabei, hätte ohne weiteres einen erstklassigen Laden aus der Ruine machen können, praktisch war sie ja sowieso schon Herr im Haus, wie? Die Amerikanerin, so viel ist dazu zu sagen, hat sich einen Scheiß um Hüms Klitsche gekümmert. Die ist abgezogen mit dem Köter und hat sich den Rest von Europa mit dem Hund an der Leine angesehen. Und wo Hüms Strandhotel war, da ist jetzt ein Parkplatz, das wißt ihr ja.«

Zu Friedrichs Verwunderung zeigte sich Hermetia angetan von der kuriosen Einlage des Hausmeisters, die ihn selbst nur peinlich berührt hatte. Sie aber genoß wohl den rüden Ton als willkommene Abwechslung und nannte die Geschichte einen weit erfreulicheren Beitrag als die etwas betulichen Fabeln des guten Czech. Sie legte sich über die Armstütze des Sessels, schob die Hand unter den losen Kragen ihrer aufgeknöpften Bluse, entblößte die Schulter und neigte sich ausgiebig dem Concierge zu. Sie versuchte ihm allen Anreiz zu bieten, eine weitere Erzählung beizusteuern. Dem Leser, der diese Zuwendung mit einigem Befremden verfolgte, erklärte sie freimütig, man müsse von überall her Anstiftung zur Lust empfangen, um sie dann dem großen und einzigen Verlangen einzuschmelzen...

Nun mußte sie jedoch bemerken, daß ihre freie Schulter keinerlei Wirkung tat, der Mann vielmehr apathisch den Kopf hängen ließ und in ein stumpfes Zuhören verfiel, da er offensichtlich eine frische Zufuhr von Redestoff benötigte, um sich wieder aufzurichten und seiner Umgebung Beachtung zu schenken. Unwillig warf sie sich daraufhin in den Sessel zurück, hob ihre nackten Knie unters Kinn und beobachtete, während sie den Leser nun selbst mit einer neuen Geschichte ansprach, wie dessen Blick immer wieder abglitt, zwischen ihre angezogenen Beine sank und ihre üppige, unter cremefarbener Seide hervorscheinende Dunkelheit aufsuchte.

»Eine Frau in einem hübschen altrosa Kleid saß auf dem schmalen Balkongeländer im achten Stockwerk eines Grandhotels. Sie hatte ihre Füße, an denen sie schwarze Pumps trug, abgespreizt zwischen die Geländerstreben geklemmt und beugte sich rückwärts über den Abgrund der Straße, während sie einen Spiegel über ihr Gesicht hielt und sich schminkte. Dabei versuchte sie mit einem Mann, der einen Stock über ihr vorsichtig im Fenster lehnte, ins Gespräch zu kommen.

Ja, diese Frau ging auch auf einem steilen Felsvorsprung, nicht breiter als eine Dachrinne, ohne sich abzustützen. Sie war vollkommen schwindelfrei. Sie konnte in jede Tiefe blicken, ohne den geringsten Sog in den Sturz zu verspüren. Sie war sicher wie eine Katze oder ein Indianer. Ihr Schlaf war nachts nicht so tief wie der anderer Menschen, ihr Wachen am Tag nicht ganz so hell. Sie lebte, sie hielt sich aufrecht aus einer anderen Mitte, mit einem von fern her ausgeglichenen Gewicht. Es befriedigte sie, es tat ihr wohl, auf das kleine, weit unter ihr zuckende Leben hinabzublicken, das Gestreu der Menschlein oder die winzige Kirchturmspitze im Tal. Es gab nur einen Ort, der ihr

Gleichgewicht störte, wo sie jede Sicherheit verlor und von Angst gewürgt wurde. Dies geschah im Flugzeug und zwar am schlimmsten, wenn sie über Gebirge flog. Der Blick über Massive und Hinunterschauen auf Gipfel, abgebrochene Höhen – nur noch eine Pfütze von Glanz unter uns! – enthüllte ihr die monumentale Schrecksekunde der Auffaltung: diesen widermenschlichen Blick auf das Erdhöchste ertrug sie nicht.

Sie war sich ihrer Sache sicher. Der Mann aus dem neunten Stock würde sie noch am selben Abend auf ihrem Zimmer besuchen. Es geschah, wie sie es vorausgesehen hatte; dazu brauchte sie ihn nur ihr unwiderstehliches Gleichgewicht spüren zu lassen, als sie eine Weile nebeneinander in der Hotelhalle spazierten.

Doch als er später zu ihrer Verabredung kam und sich sogleich ohne viel Aufwand über sie beugte, da entwich sie geschickt und verschwand auf den Balkon. Kaum war er ihr mit breiten Schritten gefolgt, sah er sie plötzlich kerzengerade auf dem geschwungenen Geländer stehen, die tödliche Tiefe im Rücken, den Rock, den der Nachtwind aufwehte, an die Knie drückend. Oh, niemals hätte er jetzt gewagt, sie bei ihren nackten Fesseln zu packen... Es schwindelte, durchzuckte ihn allein bei ihrem Anblick, als stünde er selbst dort oben auf dem fürchterlichen Rand. Er schlug die Hände vors Gesicht und kehrte ins Zimmer zurück, jede Begierde hatte ihm der Wirbel vertrieben. Sie ging hinter ihm her, als er sie verlassen wollte und gestand ihm schließlich, was er tun müsse, um mit ihr sein Vergnügen zu finden. Der Mann sah sich jedoch außerstande, ihren Wünschen zu gehorchen und verließ sie an diesem Abend mit einem stummen Entsetzen auf dem Gesicht.

Sie wußte indessen, daß er es tun würde, wenn nicht gleich, so doch zu einem späteren Zeitpunkt. Es war das erste Mal seit etlichen Jahren, daß sie sich jemandem, der ihr gefiel, anvertraut und ihm ihre Schwindelfreiheit offen entdeckt hatte. Sie hielt es für das Schönste und Aufregendste, was sie einem Mann überhaupt nur bieten konnte.

›Aber Unerschrockenheit‹, sagte der Mann tags darauf, als sie sich wieder trafen, ›ist nicht gerade das, was eine Frau für mich anziehend macht‹.

›Ich bin nicht unerschrocken!‹ gab sie betroffen zurück und zählte ihm auf, was alles ihr furchtbar wäre, die Flugreise, der Meeresboden und der Fahrstuhlschacht.

›Du wirst *mich* sehen‹, sagte sie, als er immer noch zögerte, ›ich verdecke die Tiefe vor dir.‹

Es begann schon das Morgengrauen, er hatte getrunken, die Straße tief unten war menschenleer. Das Fenster stand einladend offen; sie verlangte nur, daß er sich auf die Fensterbank setze, nur das, nackt, und die Beine sollten über den Sims nach außen herabhängen. ›Es kann dir nichts passieren. Du stemmst beide Arme gegen den Fensterrahmen, nichts kann dir passieren. Heb mich! Ich bin federleicht. Ich bin auch, wenn ich dich dort umgebe und mich auf deinem Schoß ausdehne, nicht schwerer...‹ Sie gab ihm für seine Sicherheit alle möglichen Garantien und flüsterte ihm auch sonst die schönsten Versprechungen zu. Schließlich konnte er nicht länger widerstehen und schritt auf das leere, offene Fenster zu. Er legte die Kleider ab und setzte sich nackt, die Beine nach außen, auf die Fensterbank. Die Arme hielt er gegen den inneren Rahmen gestemmt. Gleich trat sie hinter ihn und lehnte ihre Brüste an und fuhr ihm mit den Spitzen sanft über den Rücken. Sie streichelte seinen Nacken, seine Hüfte, seine Mitte. Er sah auf dem spiegelverglasten Bankhaus gegenüber einen dunkelroten Horizont aufgehen. Nun stieg sie behend über seine Schulter hinweg und senkte sich Aug in Aug mit ihm in seinen aufrechten Schoß. Ja, ihre Augen wurden nun weiter, glücklich wand sie sich ein und umfing seine Hüfte fest mit ihren langen Beinen. Ihre geschmeidige warme Mitte hatte die seine bald derart gestärkt, daß sein Verlangen seine Furcht schließlich besiegte und er bereit war, sie ganz zu erfüllen. Sie hob und senkte sich vor ihm mit entzückter Vorsicht, alleskostender Langsamkeit. Als jedoch die Mulden und Höhen ihres Leibs schon zu zittern begannen, ergriff auf einmal der menschlichste, daseinstiefste Ernst ihr Gesicht. Sie starrte ihn beinah fassungslos vor Erkennen an, und ihr Mund zuckte von einem fernen, unhörbaren Schrei. Seine Arme standen mit allen Kräften gegen die Holzleisten, doch die Muskeln bebten schon. In diesem Augenblick gelangte sie zu ihrer vollkommensten Aufbäumung, legte sich nach hinten über, streckte den Rücken, die Arme, die gespreizten Finger aus und langte in den Abgrund hinein. Noch nie, so war ihr, hatte einen menschlichen Körper soviel Freiheit, unfaßliche, umgeben.

Nun war sie allerdings nicht mehr vor ihm, verdeckte nicht länger mit ihrem Gesicht die ungeheure Tiefe, und die zurückgebeugte, schlanke Frau gab jetzt für ihn den Blick frei in die stille, windige Straßenkluft. Das Grauen, das ihn unversehens durchfuhr, ließ ihn jetzt den falschesten aller Handgriffe ausführen, den er in dieser gefährlichen Lage überhaupt tun konnte. Er versuchte die Nackte mit dem linken Arm an der Hüfte zu packen und wieder zu sich emporzuziehen. Dabei kam die rechte, aufgestützte Hand unter die doppelte Belastung, Ungleichgewicht entstand, der linke Oberschenkel glitt über den Sims, und er sackte mit ganzer Schwere nach, drehte sich halb zwischen den Beinen der Frau, die fest mit ihren Fersen am inneren Fensterbrett hing und die Knie an seine Rippen preßte. Doch gewann er nur einen kurzen Halt, hing mit kreideweißen Fingerspitzen am Fensterblech, bis er auch dort abglitt und von seiner Leibesmasse in die Tiefe gerissen wurde. Die Schwindelfreie, noch immer hintübergebeugt und kopfunter hängend wie am Trapez, sah über ihre Stirn und das gelöste lange Haar abwärts und sah den wirbelnden, sich überschlagenden Körper stürzen und sah noch seinen dumpfen Aufprall auf dem Trottoir.«

Hermetia beendete ihre Geschichte mit einem kleinen Seufzer und mit einer Miene von undurchdringlichem Gleichmut. »Ja, so war das. So trug es sich zu«, fügte sie noch an, um der wahren Begebenheit Nachdruck zu verleihen.

Friedrich hatte sich, wie wohl jeder andere Mann, der hier zugehört hätte, innerlich längst von der kaltblütigen Schilderung abgewandt und konnte ihr beileibe keine lustfördernde Wirkung abgewinnen. Die abartige equilibristische Veranlagung dieser Dame bot jedenfalls nichts, was seine Vorfreude auf Hermetia hätte anheben können. Auch der Concierge blieb stumm, gab keinen Widerhall. Selbst die Rezeptoren seiner mimetischen Anlage schienen hier ihren Dienst zu verweigern.

»Du stellst in deiner Geschichte sinnliche Anmut und rohes Grauen in engste Abwechslung, geliebte Hermetia«, urteilte der Leser und begann unter den Worten seine nächste erzählerische Entgegnung vorzubereiten. »Es wird mir nicht leicht fallen, hierauf ein passendes Glied an unsere Kette zu setzen. Überbieten kann ich dich ohnedies nicht. Ich sehe aber, daß deine Verlangenskraft jetzt ein starkes und wirksames Steigerungsmittel braucht. Daher will ich mich überwinden und dir meinerseits von einem rohen und gewalttätigen Erlebnis berichten. Es gehört wiederum in meine frühere Zeit und war gewiß der entwürdigendste und zugleich fesselndste Spuk, der meinen ausschweifenden Körpergeist je genarrt hat.

Ich saß an einem Nachmittag im späten Sommer auf einer Caféterrasse, allein am Tisch, und genoß die Aussicht auf einen weitläufigen Parkhügel zu meinen Füßen. Am Tisch gegenüber nippte eine junge, auffallend weißhäutige Frau an ihrem rahmschlierigen Kakao und wußte nicht, wo sie ihren Blick hinlenken sollte. Jedesmal, wenn ich sie arglos betrachtete, um mich an ihrer seltenen Schönheit zu erfreuen (wozu jeder ein Recht besitzt), wandte sie ihr Gesicht unbequem beiseite. Das wäre nicht weiter verwunderlich gewesen, wenn ich nicht bemerkt hätte, daß ihr – vor lauter Weggucken und Blickevermeiden – schon die Tränen in die Augen stiegen. Sie war in Begleitung eines modisch gekleideten Manns in gelben Shorts und einer zweiten, ebenfalls sehr jungen Frau mit üppigem schwarzen Lockenhaar erschienen. Diese beiden hatten sich gar nicht erst zu Tisch gesetzt, sondern waren sogleich in den Park hinuntergegangen, wo der Mann die Schwarzhaarige, die die schmalen dunklen Augen und den braunen Teint einer Mestizin hatte, in die müßigsten Posen befahl und fotografierte. Ich hatte die drei bereits draußen vor der Terrasse bei ihrer Ankunft beobachtet. Das Halbblut stand hinter der aufgeklappten Hecktür eines Kombiwagens und wechselte ungeniert am Straßenrand die Kleidung. Sie streifte ein weißes Hemd vom Leib und kramte, nackt bis auf einen hellblauen Slip, in ihrem ungeordneten Koffer. Dann stieg sie in ein schwarzes Minirockkostüm, eine um die Schenkel etwas kraus abstehende Hülle, die sie vom Nabel bis ans Brustbein mit Druckknöpfen verschloß. Die andere Gefährtin des Fotografen – ich schloß von seiner doppelten Begleitung darauf, daß er wahrscheinlich nur diesen Beruf oder diese Liebhaberei ausüben konnte, und die beiden in ihrer ausgesuchten und ein wenig leblosen Schönheit konnten, wie mir schien, auch nur in der Rolle von Fotomodellen auf dieser Welt gastieren – die andere also, die wartend am Tisch zurückgeblieben war, trug ein dunkelblondes lockeres Haar, das sie mehrmals mit gespreizten Fingern von der Stirn bis zum Hinterkopf durchkämmte, gleichsam als versuche sie auf diese Weise ihre ungeordneten Sorgen zu pflügen. Ihr leichtes, enganliegendes Trikotkleid, das im Sitzen die abgeflachte Rundung der Schenkel nur spärlich bedeckte, schien nicht zur Berufsgarderobe zu gehören; vermutlich brauchte sie an diesem Tag nicht mehr zu arbeiten. Draußen, während die Schwarzhaarige sich umkleidete, hatte sie vor einem Handspiegel ihre Lippen nachgezogen, mit einem bläulichen, fast fliederfarbenen Ton. Ihr Gesicht war, trotz der milchweißen Haut, von einem etwas derben, kraftvollen Schnitt; sie gefiel mir weit besser als die andere, der Mischling mit seiner tauben künstlichen Apartheit.

Warum wollte sie mich aber keines Blicks würdigen? Weil es ihr lästig war, von mir wie von jedem anderen angestarrt zu werden? Weil sie fürchtete, sogleich angesprochen zu werden, wenn sie meinen Blick erwiderte? Nein, es gab einen tieferen, schlimmeren Grund. Sie fühlte, sie halluzinierte, wie ich bald erfahren mußte, daß *ich* ihre Schönheit zerstören, schänden, zerschneiden würde. Ja, sie sah alles kommen...

Plötzlich brach sie in Tränen aus, lautlos und mit ungerührter Miene. Sie erhob sich, warf mir einen einzigen Blick der bitterlichen Anklage zu und verschwand darauf im Flur des Wirtshauses. Es schien, als hätte sie einfach die Nerven verloren und vor meinem zudringlichen Gesicht (das bei ihr die blutigsten Gesichte auslöste) die Flucht ergriffen. Ich folgte ihr sogleich und wollte mich entschuldigen oder sie irgendwie besänftigen. Vielleicht war sie ja eine außergewöhnlich empfindsame oder gar ein wenig verstörte Person, die Blicke genauso schlecht ertrug wie andere eine Menschenansammlung oder Blütenstaub. Ich fand sie im Waschraum. Sie blickte mir im Spiegel entgegen, ich blieb an der Tür und stammelte meine Bitte um Entschuldigung. Sie erwiderte zu meiner Überraschung fest und deutlich: für den Vorfall, der sich zwischen ihr und mir ereignen werde, vielleicht unabwendbar ereignen müsse, könne es niemals ein Verzeihen geben. Er ziehe die gräßlichste Strafe ihres Lebens nach sich, Strafe für alle Kälte und Gemeinheit, mit der sie so viele Menschen behandelt habe, die es unbedingt gut mit ihr meinten. Ich verstand sie nicht, war aber durch die aufrichtige Erregung ihrer Voraussage davon überzeugt, daß ich mich längst im Einzugsbereich irgendeines unheilvollen Geschehens befand. Ja, es war mir jetzt auf das dunkelste gewiß, daß mein allererster Blick zum Nebentisch mich zum Missetäter vorausbestimmt hatte. Sie wollte sich nicht weiter erklären, sondern trat wie eine um Mitleid flehende Gefangene zu mir: ›Wend es ab!‹, flüsterte sie, ›laß es nicht soweit kommen! Ich bitte: schone mich!‹

Ich versprach ihr ebenso ratlos wie hochherzig, nichts zu tun, was sie nicht von mir getan wünsche. Jetzt wurde sie wiederum sehr bedeutsam, richtete sich auf und sagte in getragenem Ton: ›Diesen Schwur wirst du brechen. Damit beginnt mein Ende!‹

Nun erzählte sie, um mich nicht ganz verloren im Ungewissen zu lassen, daß sie seit bald drei Jahren den Mann, der mit ihrer Freundin – einstigen Freundin! – umherziehe, für sich zu gewinnen hoffe. Das falsche Gezücht, das Mischblut, das er auf jeder Station ihrer gemeinsamen Reise in immer gleichen Posen fotografiere, liebe er in Wirklichkeit nicht; es diene lediglich dazu, sie, die Weißhäutige, in jedem Hotel, wo sie ihr Einzelzimmer neben den beiden beziehe, zu demütigen. Nacht für Nacht warte sie vergeblich darauf, nach nebenan gerufen und an den Vergnügungen der beiden zumindest beteiligt zu werden, wie es ihr der Geliebte schon unzählige Male in Aussicht gestellt habe. Die Mestizenkatze habe sich von ihrer besten Freundin in ihre ärgste Feindin verkehrt. Sie wünsche sich nichts so innig, als daß das Schicksal die bevorstehende Greueltat (die ich begehen würde) von ihr ab und gegen die andere lenkte. Daß ich nicht ihr, sondern der anderen ›die Fresse‹ zerstörte. Ich wußte nicht mehr, was ich diesen gehäuften, verschlungenen Weissagungen von Gewalt und Zerstörung entgegnen sollte, solange diese ansehnlichste, anziehendste Person vor mir stand und ich, den Gesetzen der Schönheit und Wohlgestalt nachspürend wie ein Maler, ein Künstler, eine tiefe Genugtuung und Freude verspürte. Ich sagte ihr freimütig, daß sie mir weit besser gefalle als die andere, das Modell – diese Versuchspuppe der Liebe, mit der ihr Geliebter sich gewiß nur reiflich auf sie vorbereite. Über diese Worte kam ein klares Lächeln auf ihr Gesicht, als hätte sie soeben den erlösenden, den sie von ihrem Schicksal erlösenden Gedanken gefaßt. Sie wurde augenblicklich geschmeidig und gefällig, küßte mich, in der Helle der Eingebung, flüchtig auf den Mund und ließ sich von mir sanft in die Arme nehmen. Kaum hatte ich sie freundlich umfaßt, lachte sie auf und warf den Kopf in den Nacken. Nun standen wir da mit plötzlichem Verlangen und verschlagenen Gesichtern. Ich hob sie auf den Waschbeckenrand und schon hatte sie ihre nackten Beine fest um meine Hüfte geschlungen. Ich hielt hinter ihrem Rücken beide Hände über den Wasserhahn, damit sie, während meine brennende Kuppe vorstieß und sich nach kurzer, heftiger Jagd entlud, nicht ihr Kreuzbein verletzte.

Es geschah dann im Grunde alles so, wie sie es vorausgesehen hatte. Nur irrte das Verhängnis eine kurze Weile unschlüssig zwischen uns vieren umher und traf im letzten Augenblick eine überraschende Entscheidung. Als wir auf die Terrasse des Cafés zurückkehrten, saßen der Fotograf und die Schwarzhaarige endlich an ihrem Tisch. Sofort sprang der Mann auf, schrie die Weißhäutige, die in meiner Begleitung kam, bei ihrem Namen an (sie hieß Stefanie) und stürzte sich, ehe ich es verhindern konnte, auf sie. Vor den Augen der erschrockenen Gäste wälzten sich die beiden am Boden und gerieten in einen solchen Wirrwarr der Begierde, daß sie im ersten Augenblick mit den Fäusten aufeinander einhieben, um schon im nächsten die offenen Hände sich gegenseitig unter die Kleider zu schieben und sich zu ihrem Entzücken zu berühren. Die Ausflügler ringsum verließen angewidert und empört ihre Tische, die Kellner, zu feige, der anstößigen Szene ein Ende zu bereiten, liefen ins Haus und verschlossen hinter sich die Terrassentüren. Während nun der Fotograf seine vielmals gedemütigte und oft keines Blicks gewürdigte Mitfahrerin behandelte, als sei er nach Jahren der Enthaltung wie besessen von ihr, begann ich (ohne rechtes Motiv) meinerseits wild auf ihn niederzuschlagen und mich in das Gemenge einzumischen. Dies brachte wiederum das Mischblut dazu, sich sogleich über mich herzumachen und mir spitze Tritte gegen mein Ohr zu versetzen. Ich sprang auf, packte sie mit würgendem Griff zuerst bei der Gurgel, dann im Nacken und beugte sie gewaltsam hinunter auf das verkrallte, rollende Paar.

›Da siehst du es!‹ schrie ich, selbst außer mir in diesem Tohuwabohu ununterscheidbarer Leidenschaften, ›ich bin es gewesen, ein Fremder, ein Zufallsmensch hat genügt, ein *Blick*, und dein Strolch macht sich sogleich über die andere her. Denn sie liebt er und liebt sie nur, weil ich sie besaß! Ja, wir lieben sie beide, er und ich – und dich liebt niemand, du falsche Schönheit!‹

Doch da begann die Helle unter ihrem wütenden Liebhaber, der sie, von Sinnen, mit dem Hinterkopf auf den Steinboden schlug, hervorzurufen und furchtbar zu lachen: daß sie nur diese eine Liebe kenne und immer nur ihn, diesen Schinder und Vollender aller Strafen, begehre, nur ihn, der sie jetzt genauso behandle, wie sie es verdiene und sich zutiefst ersehnt habe; und daß ich, der armseligste Liebhaber, den sie je umfangen habe, mir nur ja nichts einbilden möge, denn nun sei es doch anders gekommen, als die düsteren Gesichte es ihr verkündet hätten; ich kleines Malheur (so nannte sie mich) sei eben nur ein zufälliger Vorwand gewesen, um diese Lawine unermeßlicher Gelüste endlich auszulösen. Und sie jauchzte unter den wuchtigen Angriffen des Fotografen und steigerte ihre Erregung mit weiteren Schmähungen, die sie gegen mich ausstieß. Ich konnte es kaum noch ertragen, sie fand immer neue Formeln der Verkleinerung und Verwünschung meiner Person, und es scholl das übelste Gelächter unter der Brust des Fotografen hervor, das je über mich ergangen war. Da ergriff ich ein Glas vom Tisch, zerschlug seinen Rand und riß es mehrmals – im lichterlohen Bewußtsein von Stefanies Weissagung – riß es über den Rücken des empfangenen Quälers, hin und her und nochmals tiefer schneidend, bis die Scherbe zwischen seinen Rippen stak und sein hechelnder Atem in einem dumpfen Gurgeln verendete. Darauf wurde es zwischen uns vieren sehr still.

Der Fotograf hatte sich noch einmal aufgebäumt, um nach mir auszugreifen, und war dann kraftlos zur Seite gesunken. Seine nackte, geschrumpfte Mitte lag seltsam gelblich, hühnerzehenfarben inmitten des sich ausbreitenden Bluts.

Die beiden Frauen schrien nicht, sondern verhielten sich auf eine mir unbegreifliche Weise ruhig und ungerührt. Jede strich zunächst einmal ihre Kleidung glatt, die eine das abstehende Minirockkostüm, die andere das kaum schambedeckende Trikotkleid. Darauf blickten mir *beide* mit gleichem, prüfendem Ernst ins Gesicht. Ja, anstatt mich festzuhalten und anzuklagen, nahmen sie mich jetzt in ihre Mitte und drängten mich, Hand in Hand mit ihnen die Terrasse zu verlassen, fortzukommen, eilig und ohne Rückblick, drängten mich zur Straße und in ihren Kombiwagen und dort sogleich hinter das Steuer – und die ziellose Reise ging weiter mit einem ausgewechselten Fahrer.«

Wie kaum je zuvor hatte Hermetia gerade an dieser Geschichte Gefallen gefunden. Mit halb offenem Mund, aus dem öfter ein erstauntes Auflachen kam, hörte sie zu und ruckelte wieder einmal unruhig auf ihrem Sessel. Irgend etwas schien ihr an der Erzählung aufgefallen zu sein, das sie kaum abwarten konnte, näher zu erfragen…

Doch dazu kam es nicht mehr. Czech trat zur Tür herein. Der Hausfreund war vom Hof zurück. Er trug das Buch, das Hermetia zu Beginn der Nacht vom Balkon gefallen war, bei sich. Friedrich und Hermetia rutschten beide starr vor Erwartung auf die Sesselränder, denn nun rechnete jeder fest mit irgendeiner den angehaltenen Atem lösenden Nachricht, wenn nicht mit *der* Entscheidung überhaupt, die Czech vom Alten im Hof überbrächte. Doch zuerst wurde der Concierge verabschiedet. Czech meinte, er habe in der langen Nacht ›unverzichtbare Dienste‹ geleistet und an beiden Orten, unten wie oben, mit seinem ›selbstlosen Beistand‹ Ehre eingelegt. Dies würde ihm, sobald sich unter den vieren alles gefügt habe, mit einer angemessenen Belohnung vergolten.

Als er gegangen war, trat Czech als nächstes zu Hermetia und legte ihr das vermißte Buch in den Schoß. Darauf sagte er verhalten und leise, aber so, daß Friedrich es eben noch vernahm: »Du kannst jetzt mit mir kommen. Es ist soweit.«

Hermetia schloß wie in einem Augenblick tiefster Traumerfüllung die Lider. Dann erhob sie sich aus dem Sessel, sah dem Leser mit einem würdigen, ebenso siegreichen wie schmerzlichen Blick in die Augen und verschwand an Czechs Seite in einem der hinteren, an den Salon grenzenden Räume.

In diesen Sekunden der Konfusion und des abrupten Nicht-Verstehens nahm Aminghaus für sich gleichwohl sofort das Beste an. Er war davon überzeugt, daß Czech Hermetia vorab allein die Lösung anvertrauen wollte, die unten der Alte endlich gefunden und ihm mitgegeben hatte. Auch daß er ihr die verschiedenen Bedingungen, die sicherlich an die Entscheidung geknüpft waren, zuerst in getrennter Unterhaltung erläuterte, erschien ihm einleuchtend genug. Schließlich war Hermetia die rechtmäßige Ehefrau des Professors, und um diesen Stand zu ändern, mußten allerlei lästige Vorkehrungen getroffen und sie selbst darüber sorgsam aufgeklärt werden. So legte er sich in der Ungeduld alles zu seiner Zufriedenheit zurecht und zweifelte in keinem Moment, daß nach der Rückkehr der beiden auch ihm, dem langgeprüften Anwärter, endlich der befreiende Bescheid mitgeteilt werde.

Unterdessen begab er sich zu dem geräumigen Sessel, auf dem Hermetia so viele Stunden ihm gegenüber ausgeharrt, sich gedehnt und gekrümmt, entfaltet und versteckt hatte. Er empfand die Leere der Sitzfläche jetzt als eine eigene Macht und seltsam bedrohlich. Er hob das Buch auf, das sie in der Ritze liegengelassen hatte. Es steckte in einer dunklen, altmodisch geflochtenen Lederhülle, und das weiße Leseband hing heraus. Er schlug es auf; ein Roman von einem ihm unbekannten Verfasser; er trug den Titel:

Kongreß

Die Kette der Demütigungen

Ah! dachte er, noch ganz arglos, daher hat sie es also: ›Die Kette der Demütigungen‹... Doch dann las er einen beliebigen Absatz, kurz vor der Mitte des Bands, der folgendermaßen lautete:

Die beiden Männer, der ältere wie der jüngere, wurden nun Zeugen, wie Hermetia, als erlitte sie den Verlust ihres Buchs wie den Entzug eines Rauschmittels, am ganzen Leib zu frösteln begann, sich mit beiden Armen selbst umklammerte, und sie sahen auch, wie ein kalter fiebriger Glanz in die graphitfarbenen Augen trat, so daß ihr sinnenfrohes Gesicht für diesen Moment einen elenden, fast abgefeimten Ausdruck annahm. Zumal Friedrich erkannte sofort, daß der Zustand der ersehnten Frau, der er sich bis jetzt zwar wiederholt erklärt, jedoch nie weiter als bis in ein festes Händeverschließen hinein genähert hatte, besorgniserregend war und daß sie der unverzüglichen Hilfe und Zuwendung bedurfte...

Er mußte nun annehmen, daß er einer Sinnestäuschung erliege, daß sein übernächtigter, gereizter Verstand ihm nicht mehr gehorche. Denn alles was hier und im weiteren zu lesen stand, war doch in den zurückliegenden Stunden gerade erst zwischen ihnen vorgefallen und abgehandelt worden. Und doch fand er es hier längst niedergeschrieben, was Hermetia, Czech und er selbst soeben noch lebendig erfunden, erspielt, erredet, erinnert hatten. Aus dem Buch kam ihm ein Anwehen von wachem Totsein. Es war, als ob alles, was mit ihm geschah, längst feststünde, festgeschrieben sei, sein ganzes Leben, so daß er es auf diesen Seiten binnen kurzem hätte überblättern können. War denn alles schon vorbei, was ihm jetzt widerfuhr oder gar noch widerfahren sollte?

Wozu dann dieses verzweifelte Pochen an der Physis, wozu das unermüdliche Bestreben, die Decke zur reinen nackten Augenblicklichkeit aufzustoßen – wenn man doch niemals den Trauerzug der Schrift, niemals das lebenslängliche Epitaph verlassen konnte, wenn der ganze Daseinswille in Druckerschwärze feststeckte wie ein leerer Schuh im heißen Teer? Und jede Träne, jede Schweißperle nur eine trockene, runde Letter? Und diese zuweilen vermochte, häufig verfehlte, diese einzigartige sinnenbetörende Gegenwart – nichts als ein längst bestelltes Feld und irgendeines anderen quälende Erinnerung?

»Die schmutzigen, mörderischen Werke!« rief er plötzlich aus und schleuderte das Buch auf Hermetias Sessel, warf es in den offenen Rachen ihrer Abwesenheit.

Aber dann besann er sich wieder und wollte doch einmal nachsehen, wie denn das Ende des Romans für ihn ausfiele…

Da sprang aber ein drittes Mal in dieser Nacht die Tür auf, die vom Flur in den Salon führte, und der Alte selbst stand vor ihm.

»Tithonos!« flüsterte Friedrich und erzitterte unwillkürlich vor der großen, hageren Gestalt, die einen kühlen, wäßrigen Blick auf ihn richtete.

Der Greis bot für sein hohes Alter eine beeindruckende Erscheinung. Seine Schultern waren nur gering gebeugt, der dünne Flaum des weißen Haars bedeckte einen feingebildeten, schmalen Schädel, die Gesichtszüge waren straff und zäh, von tiefen Kerben durchzogen, die Augen hell und rege, wenn auch von geschwollenen Tränensäcken unterwölbt. Er trug einen leichten Anzug aus matter, steingrauer Seide und darunter – in zwangloser Abweichung – ein burgunderrotes T-Shirt. Dies verlieh ihm zwar einen Anstrich von jugendlicher Eleganz, hob zum anderen aber die Nacktheit des Alters, den faltigen Hals, den knochigen behaarten Brustansatz, besonders hervor. Der Alte durchschritt den Raum, kam wie von ungefähr vor jene Tür zu stehen, hinter die Hermetia und Czech sich zurückgezogen hatten und kehrte dann hinüber zu dem Foto der vatikanischen Euterpe, vor dem er einen Augenblick verweilte.

Aus dem Nebenraum drang ein erregtes Raunen, unterbrochen von gurgelnden Kehllauten, nur knapp unterdrückten Ausrufen und begleitet von dem regelmäßigen Aufschlagen eines Holzpfostens auf dem Fußboden. Doch Friedrich hörte nichts davon.

Der Professor kam langsam nach vorn und ließ sich auf Czechs Sessel nieder.

»Mir scheint«, so begann er mit einer brüchigen, hohen Stimme, »du hast nicht alles getan, mein Lieber, um sie für dich zu gewinnen. Deine Leidenschaft war doch wohl nicht groß genug.«

Friedrich verstand ihn nicht und wollte nicht verstehen. »Wir haben in dieser langen Nacht das gegebene Versprechen eingehalten«, sagte er, »wir haben alle Qualen des Aufschubs erlitten, die Liebende überhaupt nur auf sich nehmen können, und uns geduldet, bis Ihre Bedenkzeit ablief…«

Er unterbrach sich und fügte etwas plump hinzu: »Und ich warte noch immer auf Ihre Entscheidung!«

»So, *du* wartest auf meine Entscheidung? Du hast dich offenbar nicht bis ins letzte vertraut gemacht mit den Umständen, die uns hier zusammenführten. Czech und meine junge Frau haben weitaus länger aufeinander warten müssen. Mehr als drei Jahre. Und gewiß haben die beiden weit größere Sehnsucht und Entbehrung ertragen als du.«

Während aus dem hinteren Zimmer jetzt Geräusche zu vernehmen waren, bei denen niemand mehr vermuten konnte, daß Hermetia und der Hausfreund sich in aller Ruhe miteinander berieten, verbiß sich der Leser in die Aussprache mit dem edlen Greis und klammerte sich wie einer, dem es gleich für immer die Sprache verschlagen würde, an Worte und nur an Worte.

»Die Entscheidung ist gefallen«, sagte der Professor. »Du, Friedrich, warst im Grunde meine letzte Hoffnung.«

»Ich? Was reden Sie? Wir hatten eine Abmachung getroffen und haben sie eingehalten!« rief der Leser aufgeregt und rang darum, einen Zusammenhang zu begreifen.

»Gewiß, die Abmachung. Doch es bestand ja eine zweite und ältere zwischen Hermetia, Czech und mir. Hättest du nämlich das Verbot gebrochen, das euch diese Nacht voneinander getrennt hielt, so wäre damit das Versprechen, das Hermetia und Czech verband, aufgehoben und durchkreuzt worden. Hättest *du* sie berührt, so wäre sie nicht dem Czech in die Hände gefallen, sondern später zu mir zurückgekehrt. Czech hätte verloren. Czech und sie hätten aufgeben müssen. Hermetia wäre bei mir geblieben, Czech hätte mein Haus nie wieder betreten. Aber nun ist es anders gekommen. Du hast sie nicht leidenschaftlich genug geliebt, ich wiederhole es. Du hast das Verbot geachtet! Das ist die einzige Entscheidung, die in dieser Nacht gefallen ist. Du selbst hast sie getroffen.«

»Ich?... Ich hätte das Verbotene tun müssen? Wie?! Und doch nur, um sie dadurch zu Ihnen zurückzuführen?!«

»Ja«, nickte der Alte traurig, »denn Hermetia, die niemanden von uns dreien liebt, hätte sich unter allen Umständen getreu den Regeln des doppelten Abkommens verhalten.«

»So hätte ich«, stammelte der Leser, »so wäre ich, wie auch immer, in jedem Fall der Verlierer gewesen?«

»Der Verlierer«, murmelte der Alte und wiegte ein wenig den Schädel, »sieh mich an: habe ich nicht doppelt verloren, eine wunderschöne Frau und einen treuen Freund? Du hast nichts verloren. Nur nicht bekommen, was du haben wolltest.«

Friedrich schwindelte vor dem undurchdringlichen Regelwerk von gegebenen und eingehaltenen, bedingten und unbedingten Worten und solchen, die man hätte brechen müssen, um ihre eigentliche Bedeutung zu erfahren, und die doch alle zusammengereiht eine Summe von Lüge und Betrug ergaben. Er empfand sich selbst bis in die Wurzeln seiner geschlagenen Mitte als Vorwand und Scheingestalt. Er hatte mit seinem Feuer nur die Leidenschaft der anderen neu entfacht! Er empfand sich: als den durch und durch unbegabten und mißverständigen Leser, der dem Wesen der Begierde in Person begegnet war und nicht erkannte, daß sie, obwohl mit Haut und Haar und wunderbaren Schenkeln ausgestattet, unverändert das reine Nichts, ein Phantom, der schöne Wahn geblieben war.

Natürlich bemerkte der Alte, was seine bodenlosen Eröffnungen bei Friedrich ausgelöst hatten und in welch gefährdetem Zustand er sich jetzt befand. Er versuchte ihn also mit dem Mittel der Erzählung, an das er nun lange gewöhnt war, abzulenken und wieder ein wenig aufzurichten. »Ich weiß ja, daß ihr euch, solange ich im Hof meine ›Bedenkzeit‹ ablief, hier oben mit manch merkwürdiger und gewagter Geschichte unterhalten habt. Ich will nun, wo wir beide allein sind und keine Hoffnung mehr besteht, daß sich Hermetia so bald wieder zu uns gesellen wird, meinerseits eine kleine Fabel beisteuern, damit wir uns danach, in unseren Enttäuschungen ein wenig matter geworden, endlich zur Ruhe begeben können. Denn den anbrechenden Tag sollten wir alle besser verschlafen, du und ich, aber auch Hermetia und mein alter Freund, damit sie nicht beim ersten Sonnenstrahl schon erkennen müssen, daß sie unter der unendlich genossenen Verzögerung ihres Glücks längst unerreichbar füreinander geworden sind. Und daß von ihrer Liebe kaum mehr übrigblieb als dies starre gegenseitige Beim-Namen-Rufen von Menschen, die sich im Nebel ihrer Wünsche aus den Augen verloren.

Nun, wir wissen ja, daß es unserer geliebten Hermetia bisweilen gefällt, den Bedürfnissen ihrer Sinne und ihrer Seele unter nicht ganz gewöhnlichen Umständen Befriedigung zu verschaffen. So trat sie eines Tages vor eine größere Menschenmenge, die sich am Fuße einer weitläufigen Freitreppe versammelt hatte, wo eben noch Feuerschlucker und Pantomimen ihre Kunststücke vorgeführt hatten.

›Wer unter euch ist vergeßlicher als der andere?‹ rief sie den Leuten zu.

›Wir sind alle gleich vergeßlich‹, antwortete erheitert die Menge.

›Wer ist der munterste unter euch?‹ wollte sie darauf wissen.

›Alle sind wir gleich munter‹, kam es zurück.

›Ich brauche aber den vergeßlichsten und muntersten Menschen von allen, denn was ich zu sagen habe, muß *einem* sofort, auf der Stelle wieder entfallen, damit er es überlebt.‹

›Munterer als die Menge selbst ist niemand, vergeßlicher als alle ist kein Einzelner.‹

›Jedoch, wenn ich es der Menge selber anvertraute, was ich zu sagen habe, so würde sie, wie von einem zerstörerischen Bazillus getroffen, als selbständiges Gebilde im Nu zerfallen, so daß ich auf einmal zu zahllosen Einzelnen spräche, die niemals vergessen könnten, was ich ihnen anvertraute.‹

›Was also hast du zu sagen?‹ verlangten die Leute zu wissen.

›Es ist etwas, das einerseits unbedingt heraus muß, gesagt sein, erklungen, erschollen; andererseits aber sogleich wieder wie vom Erdboden verschluckt, aus jedem Gehör und Gedächtnis sofort wieder getilgt sein muß.‹

›Dann sind es so ernste oder so grausame Worte, die du zu sagen hast?‹

›Es sind seelenlose Worte‹, antwortete Hermetia rasch und bestimmt.

›Warum mußt du sie überhaupt aussprechen?‹

›Damit sie vom Erdboden verschwinden.‹

›So sprich sie in den Schweinetrog. Sprich sie ans Meer, an die Kiefern, den Bienenkorb.‹

›Die würden alle daran verderben.‹

›Und der Mensch, der deine Worte hörte?‹

›Er könnte sie eben vergessen. Sie sind allein durch Vergessen zu tilgen.‹

›Warum vergißt du selber sie nicht?‹

›Es gelingt mir nicht.‹

›Woher kamen dir die Worte?‹

›Sie entstanden in mir selbst.‹

›Du bist also die erste, die sie weiß?‹

›Gewiß, ja.‹

›Dann mußt du mit ihnen zugrunde gehen.‹

›Sie sind stärker als mein Leib. Sie kämen noch aus meinen Knochen, aus den Gebeinen, die von mir übrigblieben, ja selbst aus meiner Asche kämen sie noch hervor, und ich könnte es nicht mehr hindern.‹

›Dann such dir ein Kind, das gerade beim Ballspiel gewinnt, abgelenkt und übermütig ist, und flüstere ihm rasch im Vorbeilauf zu, was du zu sagen hast.‹

›Ein Kind nicht...‹

›Oder ein Weib, das sich gerade mit einem kräftigen Mann vergnügt!‹

›Oh, das wäre nun wirklich das Allergefährlichste. Da hätte ich schnell ein Unheil gestiftet.‹

›Dann machen wir dir einen letzten Vorschlag. Wir stehen alle hier dicht beieinander und könnten schnell eine lange Reihe, eine lückenlose Kette von gleich munteren und gleich vergeßlichen Geschöpfen bilden. Deine Worte könnten, von einem zum anderen gerufen, wie eine Zündschnur durch die Riege dahinzischen, bis sie irgendwo zu reinem Schall zerplatzen und ihr unerträglicher Sinn in alle Winde stiebt.‹

Hermetia sann einen Augenblick nach und sagte dann:

›Gut. Das könnte angehen. Wenn ich schon nicht den Gipfel der Munterkeit, den Gipfel der Vergeßlichkeit finde, um meine Worte unschädlich zu machen, dann sollten sie, durch die breite Ebene getrieben, doch ein ähnliches Verschwinden erreichen. Also: ich will es wagen. Sind alle bereit, unverzüglich, was ich sage, von einem zum anderen fortzurufen?‹

›Ich denke ja‹, sagte jemand. ›Ich bin hier der erste neben dir. Mein Mund steht schon zum nächsten offen. Ich brauche nur noch zu hören.‹

›Recht so. Erschrick aber nicht und überdenk nicht, was ich dir sage, sondern ruf es auf der Stelle fort und sprich's so schnell wie ich *jetzt*:

ICH LIEBE DICH… *ich liebe dich*… ich liebe dich… ich liebe dich… ICH LIEBE DICH… *ich liebe dich*… ich liebe dich… ich liebe dich… ich liebe dich… ich liebe dich… ICH LIEBE DICH… ich liebe dich… ICH LIEBE DICH… ich liebe dich… *ich liebe dich*… ich liebe dich… ich liebe dich…

Gegen halb sieben Uhr in der Frühe schloß Friedrich Aminghaus sein Buch und trat ans Fenster. In der Büroetage gegenüber wurden die Neonplatten an der Decke gelöscht. Die Kolonne der türkischen Putzfrauen hatte ihre Arbeit getan. Die Tische standen aufgeräumt im Dunkeln. Die Papierkörbe und Aschenbecher waren gesäubert, die Auslegeware am Boden frisch gesaugt. Von den Toiletten strömte der stechende Geruch eines Desinfektionsmittels.

Aminghaus lehnte Arm und Kopf gegen das Fensterkreuz. Auf dem geschlossenen Tor des Betriebsparkplatzes, der noch leer war zu dieser Stunde, kreiste das Warnlicht. Stumm schleuderte es den bernsteinfarbenen Schein. Es warnte niemanden, es warnte vor nichts. Es kreiste für sich und war defekt.

Er sah noch, wie das Licht im Treppenhaus ansprang. Die sechs jungen Frauen drängten in den Fahrstuhl. Kurz darauf verlor er das Bewußtsein und sackte zu Boden.